真善美文學系
01

小公主莎拉

暢銷百年兒童文學經典・全美教師百大選書

A LITTLE PRINCESS

法蘭西絲・霍奇森・伯內特 著
聞翊均 譯

Golden Age 30

小公主莎拉(全譯本)

暢銷百年兒童文學經典・全美教師百大選書【真善美文學系1】（二版）

A Little Princess

作　　者　法蘭西絲・霍奇森・伯內特Frances Hodgson Burnett
譯　　者　聞翊均

野人文化股份有限公司
社　　長　張瑩瑩
總 編 輯　蔡麗真
責任編輯　徐子涵
校　　對　魏秋綢
行銷企畫　林麗紅
封面設計　周家瑤
版型設計　洪素貞

讀書共和國出版集團
社　　長　郭重興
發行人兼出版總監　曾大福
業務平臺總經理　李雪麗
業務平臺副總經理　李復民
實體通路組　林詩富、陳志峰、賴珮瑜、郭文弘、吳眉姍
網路暨海外通路組　張鑫峰、林裴瑤、王文賓、范光杰
特販通路組　陳綺瑩、郭文龍
電子商務組　黃詩芸、李冠穎、林雅卿、高崇哲
專案企劃組　蔡孟庭、盤惟心、張釋云
閱讀社群組　黃志堅、羅文浩、盧煒婷
版 權 部　黃知涵
印 務 部　江域平、黃禮賢、林文義、李孟儒
出　　版　野人文化股份有限公司
地址：231新北市新店區民權路108-2號9樓
電子信箱：yeren@yeren.com.tw
發　　行　遠足文化事業股份有限公司
地址：231新北市新店區民權路108-2號9樓
電話：（02）2218-1417　傳真：（02）8667-1065
電子信箱：service@bookrep.com.tw
網址：www.bookrep.com.tw
郵撥帳號：19504465遠足文化事業股份有限公司
客服專線：0800-221-029
法律顧問　華洋法律事務所　蘇文生律師
印　　製　呈靖彩印股份有限公司
初版首刷　2018年2月
二版一刷　2021年9月

9789863845843（平裝）
9789863845874（PDF）
9789863845898（EPUB）

國家圖書館出版品預行編目（CIP）資料

小公主莎拉：暢銷百年兒童文學經典・全美教師百大選書 / 法蘭西絲・霍奇森・伯內特 (Frances Hodgson Burnett) 著；聞翊均譯. -- 二版. -- 新北市：野人文化股份有限公司出版：遠足文化事業股份有限公司發行, 2021.09
面；　公分. -- (Golden age ; 30) (真善美文學系 ; 1)
譯自 : A little princess.
ISBN 978-986-384-584-3(平裝)

873.59　　110014023

野人文化
官方網頁

野人文化
讀者回函

小公主莎拉

線上讀者回函專用QR CODE，你的寶貴意見，將是我們進步的最大動力。

目錄

第一章　莎拉

那是一個黯淡的冬日，倫敦的街道上瀰漫著濃厚的黃色霧靄，櫥窗與街道都如同入夜了一樣，點上了火光熠熠的煤氣燈。一輛出租馬車緩緩駛過寬大的街道，一名樣貌奇特的女孩和父親一起坐在馬車裡。

她蜷縮著腿倚靠父親而坐，她的父親則環抱著她。她凝視著窗外行經的人群，大大的眼睛中滿是奇異而超齡的深思熟慮之色。

她的年紀還很小，小巧的臉上不應該出現這種表情。這種表情就算對十二歲的孩子來說都已經太過成熟了，而莎拉．克魯才七歲。事實上，莎拉總是在思考和幻想一些奇怪的事，連她自己都不記得她有什麼時候不在想那些專屬於大人世界的事情。她覺得自己好像已經活了很久、很久了。

她坐在出租馬車上，回想著與父親克魯上校一同自孟買返回的航程。她想著那艘大船、床上沉默往返的印度水手、炎熱的甲板上嬉戲的兒童，還有年輕船員們的妻子。

她們偶爾會來找莎拉講話，並因為她的談吐而大笑不止。

她最主要在想一件讓她覺得十分奇怪的事。她在想，她怎麼可以一下子在印度的烈日下，一下子又在大海上，接著又跑來一條奇怪的街上，坐在一輛行駛中的怪車裡面。車外分明是白天，但看起來卻像夜晚一樣黑。她覺得這實在太詭異了，因此向她的父親靠得更近了一點。

「爸爸，」她說話的聲音神祕而低微，幾乎像是耳語，「爸爸。」

「什麼事，親愛的？」克魯上校把她抱得更緊，低頭凝視她的臉龐道：「莎拉在想什麼呢？」

「這裡就是那個地方嗎？」莎拉摟緊她的父親，輕聲細語道，「爸爸，就是這裡嗎？」

「沒錯，親愛的莎拉，就是這裡。我們終於到了。」雖然莎拉才七歲，但她知道，父親說出這句話時其實很難過。

她總是把這裡稱為「那個地方」。對她來說，好像從很多年前開始，她就已經有前往「那個地方」的心理準備了。她的母親在生下她之後過世，她從沒有機會認識母親，因此也從沒有想念過她。在這個世界上，她的親人大概只剩下這位年輕英俊、富有又寵愛她的父親了。他們一直玩在一起，也深愛著對方。莎拉在聽旁人對話時，得知她的父親其實很富有。那些人都以為她沒有聽見，後來又說起莎拉長大之後也會變得很有錢。她那時還不知道有錢是什麼意思。她從小就住在一棟漂亮的平房裡，身邊有很多僕人，他們總是對她行額手禮[1]，稱呼她為「小姐」，並對她百依百順。她擁有很多玩具和寵物，還有一位十分敬重她的保母。她後來才慢慢明白，原來有錢人可以擁有這些東西，但她對有錢的理解也僅只於此了。

在她目前為止的短暫生命中，只有一件事令她感到困擾——那就是她終有一日要被帶去「那個地方」。印度的氣候不適合孩童，只要時間一到，小孩子都會被送走——通常是被送到英國的學校上學。她見過其他小孩被送走，也聽過他們的父母談論小孩寄回來的信件。她知道，自己終究也必須去那個地方，雖然她父親描述的航行與新城市的故事都令她著迷，但無法和父親待在一起這件事使她困擾萬分。

「爸爸，你不能跟我一起去那個地方嗎？」她在五歲時問過父親，「你不能一起去上學嗎？我可以幫你寫功課啊。」

「親愛的莎拉，妳不會在那裡待太久的，」他總是這麼回答她，「妳會住在一棟很棒的房子裡，裡面有很多小女孩，妳可以跟她們一起玩。我會寄很多書給妳，妳很

1 將右手放在額前彎腰鞠躬。

快就會長大了，妳會覺得好像一年都不到，妳就已經長得夠大、夠聰明，可以回來照顧爸爸了。」

她很喜歡這個想法。要是她可以替父親管理家務、可以和他一起騎馬、可以在他辦晚宴時坐在餐桌的主位、可以和他聊天，還可以讀他的書籍——這一定會是世界上最讓她喜歡的事。如果在能夠做這些事之前一定要先去英國的「那個地方」，她勢必會去的。她不太在意那個地方有沒有其他小女孩，只要有大量書籍就能讓她得到慰藉。她最喜歡的東西就是書，她甚至會一天到晚編一些美麗的故事，說給自己聽。有時她也會把她編的故事說給父親聽，她的父親跟她一樣喜歡那些故事。

「好吧，爸爸，」她輕聲說，「既然我們都已經到了，我想我們也只能接受這個事實了。」

克魯上校因為她成熟的語氣大笑出聲，接著吻了吻她。事實上，他自己並沒有完全接受莎拉要離開他的這個事實，但他會保守這個祕密。他親愛的、古靈精怪的莎拉一直都是他的良伴，他知道，等他這一趟回到印度，並踏進他的平房之後，不會再有一個身穿白色洋裝的小女孩跑上前來迎接他了，他將會因此而感到寂寞。這讓他在馬車駛進又大又陰沉的街區時緊緊抱住莎拉。眼前佇立在街區中的那棟房子就是他們的目的地。

兩人眼前的磚房看起來巨大而陰沉，跟前後的整排房屋幾乎長得一模一樣，唯一不同之處在於磚房的前門有一塊刻著黑色字體的銅牌，上面寫著：

敏欽小姐
女子菁英學院

「莎拉，我們到囉。」克魯上校盡其所能讓自己的聲音聽起來充滿喜悅。他把莎拉抱下出租馬車，兩人一起步上階梯，拉響門鈴。在往後的日子裡，莎拉常暗自認為這棟房子和敏欽小姐簡直如出一轍。房子裝潢體面，家具一應俱全，但裡面的物品無一不醜陋，一張張扶手椅看起來硬得令人難以入座。大廳裡的每樣物品看起來都十分冷硬，而且都被擦得發亮——連角落裡的高大時鐘也是如此，時鐘上一輪月亮的紅色雙頰幾乎光可鑑人。學校的人將他們帶進一間接待室，接待室的方形花紋地毯上有幾張方形的椅子，笨重的大理石壁爐置物架上則擺著一個笨重的大理石時鐘。

莎拉在其中一張僵直的桃花心木椅上坐了下來，以她特有的方式迅速環顧四周。

「爸爸，我不喜歡這裡，」她說，「但我敢說，就算是最勇敢的士兵也絕不會喜歡戰場。」

克魯上校大笑了起來。他年輕而深具幽默感，永遠不會對莎拉的古怪發言厭煩。

「噢，親愛的莎拉，」他說，「以後妳就不會在我身邊發表這些認真的言論了，我該怎麼辦呢？再也沒有人比妳還要認真了。」

「可是，為什麼認真的言論會讓你一直發笑呢？」莎拉詢問。

「因為妳說出這些言論的樣子實在太有趣了。」他一邊回答一邊笑得更大聲了。接著，他忽然一把將她摟進懷裡，深深地吻了她一下。他的笑容褪去，看起來似乎就要熱淚盈眶。

就在這個時候，敏欽小姐踏進了房間裡。莎拉覺得敏欽小姐就跟她的房子一樣，又高大又陰沉，既體面又醜陋。她的眼睛很大，眼神無情而冰冷，她的笑容也一樣，又大、又無情、又冰冷。在她看到莎拉和克魯上校的那一刻，那抹笑容變得更大了。向克魯上校推薦這間學校的那位小姐曾向敏欽小姐介紹過這位年輕的軍人，他有很多敏欽小姐想要的東西。她聽說，這位有錢的父親願意為了自己的女兒付出大把鈔票。

「克魯上校，你願意讓我照顧這麼漂亮又有為的孩子，實在是我莫大的榮幸。」她握住莎拉的手拍了拍，又道：「梅瑞迪斯小姐曾告訴我她異常聰明呢，對我建立的這種學校來說，聰明的小孩就像寶藏一樣。」

莎拉靜靜佇立在一旁，目不轉睛地看著敏欽小姐的臉。她正一如往常思考著一些奇特的事情。

「她為什麼要說我是個漂亮的小孩呢？」她想，「我一點也不漂亮啊。格瑞上校的女兒伊莎貝爾才漂亮，她有兩個酒窩和玫瑰色的臉頰，還有一頭金黃色的長髮。而我只有黑色的短髮和綠色的眼睛，除此之外還很瘦，一點也不漂亮。我可以說是我見過的小孩裡面最醜的一個了。所以，她現在是在編故事。」

但事實上，莎拉認為自己是醜小孩的想法是錯的。她的確一點也不像集美貌於一身的伊莎貝爾．格瑞，但她自有一種奇妙的魅力。她是個纖瘦而敏捷的孩子，在她的年齡中身高偏高，小小的臉蛋嚴肅又充滿吸引力。她的頭髮濃密而烏黑，髮尾微微捲曲，眼睛的確是灰綠色的，但這雙眼睛又大又美麗，睫毛又長又黑，雖然莎拉並不喜歡自己眼睛和頭髮的顏色，但是其他人都非常喜歡她的眼睛和頭髮。總而言之，她對自己是個醜小孩的事堅信不疑，所以她並沒有因為敏欽小姐的稱讚而感到開心。

「如果我說自己很漂亮的話，那我就是在編故事，」她想，「而且我會很清楚自己是在編故事，畢竟我認為自己長得跟她一樣醜。不過，她為什麼要編故事呢？」

在她認識敏欽小姐更長一段時間後，她就知道敏欽小姐為什麼要這麼說了。莎拉發現，她對每位帶小孩來學校的爸爸和媽媽都這麼說。

莎拉站在她父親身旁，聆聽他和敏欽小姐講話。她會被帶來這裡，是因為梅瑞迪斯小姐的兩個小女兒以前都在這裡上過學，而克魯上校非常敬重梅瑞迪斯小姐的經驗。莎拉將會成為所謂的「特權寄宿生」，她能享有的特權甚至比一般的特權寄宿生還要更多。她將會擁有一間自己的臥室與起居室，還有一匹小馬、一輛馬車和一位女傭，這名女傭將會代替在印度照顧她的奶媽的地位。

「我一點也不擔心她之後的成績，」他大笑著說完後，拉起莎拉的手拍了拍，「妳會遇到的困難將會是如何讓她不要學得那麼快、那麼多，她總是一頭埋進書中後就坐著不動了。敏欽小姐，她不是在閱讀書籍，而是在狼吞虎嚥，就像她不是個小女孩，而是一隻狼似的。她總是希望有更多新書能看，而且她想要的書是成人的書，又大、又厚、又重的那種，英文、法文或德文都不拘，歷史、傳記或詩集也都可以，她什麼都想要。請在她讀太多書的時候把她拉出去，讓她去馬場騎騎馬，或者去買幾個新的洋娃娃，她應該要多和洋娃娃玩才對。」

「爸爸，」莎拉說，「如果我每隔幾天就出去買新洋娃娃的話，我擁有的洋娃娃就會超過我能喜歡的數量了。洋娃娃應該要成為我的知心好友才對，像艾蜜莉就會是我的知心好友。」

克魯上校看向敏欽小姐，敏欽小姐也回望克魯上校。

「艾蜜莉是誰呀？」她詢問。

「莎拉，告訴她艾蜜莉是誰。」克魯上校微笑著說。

莎拉回答的時候，灰綠色的眼睛看起來既嚴肅又溫柔。

「她是我還沒得到的洋娃娃。」她說，「爸爸會幫我把她買下來，我和爸爸會一起出去找到她。我把她取名叫艾蜜莉，在爸爸離開之後，她會是我的朋友，我想跟她一起聊一些爸爸的事。」

敏欽小姐臉上那抹又大又冰的微笑變得更愉悅了。

「真是個有創意的孩子！」她說，「真是個可愛的孩子！」

「是啊，」克魯上校把莎拉摟得更緊了，「她是個令人疼愛的小可愛。敏欽小姐，請替我好好照顧她。」

莎拉和父親一起在飯店住了好幾天。事實上，在他再次搭船返回印度之前，莎拉都一直住在飯店裡。他們一起出門，走訪好幾家大型商店，買了一大堆東西。他們買下的東西對莎拉來說實在太多了，因為克魯上校是個單純而魯莽的年輕人，他希望他可愛的女兒能擁有所有她喜歡的物品，同時還要擁有所有克魯上校自己喜愛的物品，於是兩人一起買下的物品多到能塞滿一個對七歲女孩來說實在太大的衣櫃。他們買了昂貴毛皮鑲邊的絲絨裙、蕾絲洋裝、刺繡洋裝、綴有大片柔軟鴕鳥羽毛的帽子、貂皮大衣和貂皮手筒，除此之外還有一盒盒小手套、手帕和絲質長襪，多不勝數的物品讓櫃檯後那幾位禮貌的年輕女子竊竊私語，認為那名眼睛又大又嚴肅的奇特女孩一定是個異國公主——或許是某個印度王爺的女兒。

在找到艾蜜莉之前，他們逛了好幾家玩具店，看了無數個洋娃娃。

「我希望她看起來不像是洋娃娃，」莎拉說，「我希望她在我說話的時候像是在**聽我說話**。爸爸，洋娃娃的問題在於——」她把頭側向一邊，一邊說一邊認真思考著，「這些洋娃娃的問題在於她們看起來都不像在聽我說話。」他們看了大大小小的洋娃娃，黑眼睛和藍眼睛的洋娃娃、褐色捲髮和金色辮子的洋娃娃、有穿衣服和沒穿衣服的洋娃娃。

「我覺得，」莎拉察看一個沒穿衣服的洋娃娃時說，「如果我找到她的時候她沒有穿洋裝的話，我們可以帶她去找裁縫做衣服。有試穿過的衣服會比較適合她。」

在失望了無數次之後，他們決定邊走邊看商店櫥窗，讓出租馬車在後面跟著。走到後來，他們甚至跳過了兩、三家店沒有進去，就在他們靠近一間不怎麼大的商店時，莎拉突然愣住了，她抓住她父親的手臂。

「噢！爸爸！」她大喊道，「是艾蜜莉！」

她的臉頰通紅，灰綠色眼睛流露出激動的情緒，彷彿遇到極喜愛的一名熟人。

「她就在這裡等著我們呢！」她說，「我們快進去找她吧！」

「天啊，」克魯上校說，「我覺得我們應該找個人來向她介紹我們。」

「當然要由你來介紹我，再由我來介紹你呀。」莎拉說，「但我在看到她的瞬間就知道她是誰了——說不定她也已經知道我是誰了呢。」

或許她真的知道她是誰。莎拉將她抱進懷裡時，她的眼神十分靈動。她是個大型洋娃娃，但不會大到讓人抱不動。她有一頭流瀑般傾瀉在背上的金棕色捲髮，灰藍色的眼眸深邃而清澈，眼睫毛不像一般娃娃是畫上去的，而是柔軟而濃密的真正眼睫毛。

「就是她，」莎拉把她抱到膝上，看著她的臉說道，「爸爸，就是她，她就是艾蜜莉。」

他們就這樣買下了艾蜜莉，再帶她到童裝店，購置了一大堆衣服，簡直跟莎拉一樣多。艾蜜莉有蕾絲洋裝、絲絨洋裝和棉質洋裝，也有帽子、大衣與綴有蕾絲的漂亮襯衣，還有手套、手帕和毛皮製品。

「我希望她的樣子看起來像是有個稱職的母親，」莎拉說，「雖然我會把她當作我的朋友，但我同時也是她的母親。」

克魯上校非常享受這趟購物之旅，但是他心中又一直有股悲傷感揮之不去。他所享受的這一切都代表著他將要離開他親愛的、老派的、可愛的朋友了。

他在夜半從床上爬起來，走到莎拉的床邊，低頭看著環抱著艾蜜莉沉睡的莎拉。莎拉烏黑的頭髮披散在枕頭上，和艾蜜莉金棕色的捲髮互相纏繞，兩人都穿著綴有蕾絲的睡袍，兩張小臉緊閉的雙眼上都垂著長而捲翹的睫毛。艾蜜莉看起來就像是真正的小孩一樣，這讓克魯上校很慶幸自己買下了她。他深深地嘆了一口氣，孩子氣地拉了拉自己的鬍子。

「唉呀，親愛的莎拉呀！」他喃喃自語，「妳絕對不知道爸爸會有多想念妳。」

第二天，他把莎拉帶到敏欽小姐的學校，將她留在那裡。他早上就要搭船離開了。他告訴敏欽小姐，他的律師是巴羅先生和史基沃斯先生，他們兩人負責處理他在英國的事務，有任何問題都可以去請教他們，此外，他們也會負責付清莎拉的帳單。他會每兩個星期寫一封信給莎拉，請敏欽小姐滿足莎拉所有的要求。

「她是個敏銳的孩子，從來不會要求要做什麼危險的事情。」他說。

他跟莎拉一起進去她的小起居室，互相交代臨別贈言。莎拉坐在他膝上，用小小的手抓著他的大衣翻領，深深凝視他的臉龐。

「親愛的莎拉，妳現在要開始把我記在心裡了嗎？」他輕輕撫摸她的頭髮。

「不是的，」她回答，「我已經把你記在心裡了，你現在就在我心裡面。」他們緊緊相擁，親吻對方的臉頰，就像他們永遠都不會放手一樣。

出租馬車從門前開走的時候，莎拉坐在她的起居室的地板上，雙手支著下巴，目送出租馬車往街角駛去。艾蜜莉坐在她的身旁，一起看著出租馬車離開。敏欽小姐請她的妹妹愛米莉亞小姐去看看莎拉的狀況，但愛米莉亞小姐卻發現莎拉的門打不開。

「我把門鎖起來了，」一個奇異、禮貌而微弱的聲音從房門裡傳了出來，「如果方便的話，我希望能安靜地獨處一下。」

愛米莉亞小姐是位笨拙的胖女士，對她姊姊敬若神明。她的個性比她姊姊還要和善，但從來不敢違背敏欽小姐的意思。她再次走下樓，看起來有點緊張。

「姊姊，我從來沒有看過這麼有趣、這麼老派的小孩，」她說，「她把自己鎖在房間裡，半點聲音都沒有。」

「總比像其他小孩一樣亂踢亂叫來得好，」敏欽小姐回答，「我本來以為像她那種被寵壞的小孩會鬧得天翻地覆。像她那種想要什麼就有什麼的小孩子，通常個性都是那樣。」

「我之前打開她的行李箱，幫她把東西拿出來，」愛米莉亞小姐說，「我從來沒有看過行李箱裡的那些東西——她的好幾件大衣上都有黑色和白色的貂皮，襯衣還綴有真正的華倫西恩蕾絲[2]呢。妳也有看過她的幾件衣服，妳**覺得**怎麼樣？」

「我覺得那些衣服完美地詮釋了荒謬這兩個字，」敏欽小姐苛刻地回答，「不過等到我們星期天帶學生們去教堂的時候，讓走在最前面的孩子穿上這種衣服倒是不錯。她的東西又多又貴，簡直可以稱得上是個公主了。」

在樓上那間上了鎖的房間裡，莎拉和艾蜜莉一起坐在地板上，目送出租馬車逐漸消失在街角。克魯上校頻頻回頭，不斷地親吻自己的手並向莎拉揮手，彷彿他不忍停止道別。

第二章　法語課

第二天早上，莎拉踏進教室時，每個人都睜大雙眼，興致勃勃地望著她。每位學生——從今年十三歲並自認為已經長大了的拉維妮亞．赫伯特，到學校裡最小只有四歲的蘿蒂．雷——都在之前聽說了很多關於莎拉的事。她們都知道，莎拉是敏欽小姐的得意門生，能夠為學校爭光。在前一天晚上，有一、兩名學生瞥見了莎拉的法國女傭瑪麗葉走進她房裡。拉維妮亞在莎拉的房門開著時藉故經過門外，她看到瑪麗葉正在打開一個商店剛送來的箱子。

「箱子裡面裝滿了襯裙，上面有好多層蕾絲——很多很多層，」拉維妮亞彎腰貼向自己的地理課本，對她的好朋友潔西悄聲說，「我有看到她把那些襯裙抖開來。我聽到敏欽小姐跟愛米莉亞小姐說，莎拉的衣服對小孩子來說多得荒謬。我媽媽說，小

2 華倫西恩是法國北部的一座城鎮。華倫西恩蕾絲是以手工編織的蕾絲，上面有獨特蕾絲花紋。

孩子應該要穿得簡簡單單的。她現在就穿著那件襯裙，她坐下的時候我就看到了。」

「她還穿著絲襪呢！」潔西也跟著彎腰貼向自己的地理課本悄聲回答，「而且她的腳好小啊！我從來沒看過那麼小的腳。」

「噢，」拉維妮亞嗤之以鼻地說，「那只是因為鞋子做得好而已。我媽媽說，只要找到厲害的鞋匠，再大的腳看起來也會變得很小。我覺得她一點也不漂亮，她眼睛的顏色很怪異。」

「她的長相不像一般漂亮的人那麼好看，」潔西偷偷看了教室另一端的莎拉一眼，「但她會讓人想要再看她一眼。她的眼睫毛長得不得了，眼睛的顏色很接近綠色。」

莎拉靜靜地坐在她的位子上，等著別人來告訴她接下來要做什麼。她的位子被安排在敏欽小姐的桌子旁邊。其他學生盯著她的視線並沒有令她感到尷尬，她安靜地看向盯著她的孩子，感到興味盎然。她在心中猜想她們在想著什麼、她們喜不喜歡敏欽小姐、她們在不在意這些課程、她們之中是否有人跟她一樣也有爸爸。她在早上花了很長的時間跟艾蜜莉談論她的爸爸。

「艾蜜莉，他現在已經在海上了。」她那時跟艾蜜莉這樣說，「我們要把彼此當作很好的朋友，告訴對方所有事情喔。艾蜜莉，看著我。妳的眼睛是我見過最漂亮的眼睛——我真希望妳能夠跟我說話。」

她是個想像力超群、心中充滿怪誕念頭的小孩，她腦中的其中一個怪念頭就是，只要她假裝認為艾蜜莉是個活生生、會傾聽、也會理解的洋娃娃，她就會覺得開心很多。瑪麗葉幫她穿上深藍色的學校洋裝，並用深藍色的緞帶幫她綁好頭髮，接著她走到獨自坐在椅子上的艾蜜莉身旁，拿了一本書給她。

「我在樓下的時候，妳可以讀讀書。」她說。她看到瑪麗葉好奇地望著她，便一臉認真地開口向她解釋。

「我相信洋娃娃會動，只是他們不會讓我們知道。」她說，「說不定艾蜜莉真的會讀書、會說話也會走路，但是她只會在人類都不在房間裡的時候做這些事。這是她的祕密，因為如果人類知道洋娃娃會動的話，就會讓洋娃娃去工作，所以他們可能向彼此承諾過要保守這個祕密。如果妳待在房間裡，艾蜜莉就只能坐在那裡發呆。要是妳離開房間，她就會開始讀書，或許還會走到窗戶旁看看外面的風景。只要她聽到有人回來，她就會跑回去原本的位置，跳回椅子上，假裝她一直都坐在那裡。」

「她真是太有趣了！」瑪麗葉用法語自言自語道。她在下樓之後把這件事告訴女傭總管。她已經喜歡上這個奇怪的小女孩了，她小小的臉龐看起來十分聰穎，而且待人極有禮貌。她過去照顧的小孩都沒有莎拉那麼有禮貌。她是個善良的孩子，總是用溫和有禮的語氣說：「瑪麗葉，麻煩妳了」、「瑪麗葉，謝謝妳」。這讓瑪麗葉覺得很開心。瑪麗葉告訴女傭總管，莎拉向她道謝的樣子就像在感謝一位淑女似的。「這小女孩簡直就像公主一樣。」她說。她對這位新的小主人異常滿意，非常喜歡這份工作。

莎拉坐進她教室中的座位之後，其他學生才盯著她看沒幾分鐘，敏欽小姐便莊重而嚴厲地敲了敲桌子。

「各位年輕的小姐，」她說，「我要向妳們介紹一位新同學。」每一位女孩都從座位上站了起來，莎拉也跟著站起身。「我期望妳們每個人都能和克魯小姐好好相處，她從十分遙遠的地方來到這裡——事實上，她是從印度來的。希望妳們在課程結束後好好認識對方。」

學生們彬彬有禮地欠身鞠躬，莎拉則輕輕屈膝回禮，接下來她們便再次坐下，繼續盯著彼此看。

「莎拉，」敏欽小姐用課堂上的制式口吻說，「過來我這邊。」

她從桌上拿起一本書，一頁頁翻閱著。莎拉動作斯文地走了過去。

「妳爸爸替妳雇用了一位法國女傭，」她說，「因此我認為他希望妳能好好學會法語。」

莎拉覺得有點尷尬。

「敏欽小姐，」她說，「我覺得他之所以會雇用她，是因為他——他覺得我會喜歡她。」

「不好意思，」敏欽小姐微微勾起一抹刻薄的笑容，「妳是個已經被寵壞了的小女孩，所以妳會以為妳爸爸做的任何決定都是為了讓妳高興。在我看來，妳爸爸是希望妳學好法文。」

如果莎拉的年紀再大一點，或是她能不那麼拘泥於禮儀，她就可以馬上用簡短的幾句話替自己解釋清楚。但莎拉現在只是個拘於禮節的七歲小女孩，她感覺到自己的臉頰漸漸變熱。敏欽小姐說起話來嚴詞厲色，看起來非常確定莎拉一點也不懂法文，這讓莎拉覺得糾正她似乎會顯得自己有點無禮。事實上，莎拉自從有記憶以來就已經會說法文了。在她還是個嬰兒時，她的父親就常常用法文跟她說話。她的母親就是法國人，克魯上校非常喜愛她的母語，因此莎拉從小就總是聽見法文，對法文非常熟悉。

「我、我從來沒有真的學過法文，但是、但是——」她小心翼翼地試圖闡明自己的狀況。

敏欽小姐有很多令自己十分不快的祕密，其中之一就是她不會法文。她對此十分惱怒，一直想要遮掩這個事實。她不打算和莎拉繼續討論這件事，否則，她就必須冒著被發現自己不會法文的風險，去回答這位小小新生提出的各種天真疑問。

「到此為止。」她用一種禮貌卻尖刻的態度說道，「如果妳沒有學過，妳就必須從現在開始學。妳的法文老師是杜法先生，他會在幾分鐘後抵達這裡。把這本書拿回去，讀到他來為止。」

莎拉覺得自己的臉很熱。她回到座位上，打開書本，一臉沉重地看著第一頁。她知道現在偷笑會是一件很無禮的事，她絕對不想成為一個無禮的人，但是現在這個狀況實在太古怪了，敏欽小姐要她讀的書上寫著：「le pere」的意思是「爸爸」，「la mere」的意思是「媽媽」。

敏欽小姐仔細地看著她。

「莎拉，妳看起來不太高興，」她說，「我很遺憾妳不喜歡學習法文。」

「我很喜歡法文，」莎拉再次試圖說明自己的狀況，「但是——」

「在我對妳提出要求之後，妳不准說『但是』。」敏欽小姐說，「繼續看書。」

莎拉遵從了她的命令，而且也沒有笑出來，就連看到「le fils」的意思是「兒子」，還有「le frere」的意思是「兄弟」的時候也沒有笑。

「等杜法先生來了之後，」她想，「我會讓他知道我的狀況的。」

杜法先生就到了。他是位個性溫和又聰明的中年法國男子，在看到莎拉禮貌地試圖專心閱讀那本小小的單字書後，他露出了大感興趣的表情。

「女士，她就是我要教導的新學生嗎？」他對敏欽小姐說，「希望我有這個榮幸能教她法語。」

「她的爸爸——克魯上校——希望她能盡快開始學習法語。但她恐怕對學習法語這件事帶有些幼稚的偏見，似乎不是很想要學法語。」敏欽小姐說。

「小姐，我很遺憾妳不想學習法語，」他和藹地對莎拉說，「或許等我們開始學習之後，我可以讓妳發現法文是種迷人的語言。」

莎拉從座位上站了起來。她心中升起一股迫切想要澄清的感覺，就好像她剛剛有點丟臉似的。她抬起頭看著杜法先生，那雙灰綠色的大眼睛看起來天真又具有感染力。她知道只要她一開口，他就會了解她的狀況。她用發音標準的流利法語開始解釋了起來：敏欽女士並不了解她從來沒有真正學過法語——沒有從書上學過——但她的父親和其他人常常會用法語跟她講話，對她來說，讀寫法語就跟讀寫英文一樣。她的爸爸很喜愛法語，因此她也很喜愛法語。她親愛的媽媽是位法國人，在生她時過世了。她很樂意學習先生教她的任何東西，而她先前也有試著跟女士解釋她早已經學會這本書上的東西了——她把小小的單字書遞給他。

敏欽小姐在莎拉開口後大吃一驚，接著便氣憤地坐在位置上，從眼鏡後方盯著莎拉直到她結束對話。杜法先生笑逐顏開，看起來十分愉快。聽到童稚的嗓音用如此純粹而優美的腔調說出他的母語，讓他覺得好像回到了故鄉——黑暗霧溼的倫敦生活有時讓他覺得法國好像存在於另一個世界。在莎拉說完話後，他接過她手中的單字書，流露出寵溺的眼神。接著他轉身對敏欽小姐開口。

「啊，女士，」他說，「我沒什麼可以教導她的。她的確沒有**學過**法語，她就是法國人。她的口音優美極了。」

「妳剛剛應該先告訴我的。」敏欽小姐對莎拉厲聲說道，覺得十分丟臉。

「我、我有試著跟妳說呀，」莎拉說，「我、我用的方式可能不太對。」

敏欽小姐知道莎拉的確有試著告訴她，失去解釋的機會並不是莎拉的錯。但她知道學生們都一直在聽他們說話，拉維妮亞和潔西甚至躲在她們的法文文法書後面竊笑，這讓她勃然大怒。

「小姐們，安靜！」她敲了敲桌子，嚴厲地說，「立刻安靜！」

從那一刻開始，她**嫉恨**起自己的得意門生。

第三章　艾曼加德

在第一天早上，莎拉一坐進敏欽小姐身旁的位置後，就察覺到所有學生都在專心致志地觀察她，接著她很快注意到了一名年紀跟她差不多的小女孩。那名小女孩非常認真地看著她，明亮的藍色眼睛流露出的目光有點遲鈍。小女孩的身材肥胖，看起來一點也不聰明，但嘟著嘴巴的時候看起來十分友善。她一頭亞麻色的頭髮被編成一條辮子，用絲帶紮了起來，她把辮子繞過脖子，用手肘撐在桌上，一邊咬著絲帶一邊驚訝地盯著今天新來的學生。她在杜法先生開口和莎拉講話時一臉驚慌。接下來，莎拉站起身，用天真而極富說服力的雙眼看著杜法先生，毫無預警地用法語開始回答，這讓那名小女孩嚇得跳了起來，表情既敬畏又驚奇，臉都紅了。小女孩平常連說英文都只會使用日常用語，花了好幾個星期背誦「la mere」的意思是「媽媽」還有「le pere」的意思是「爸爸」，並為此無助地哭了不少次。因此，看到一個年紀跟她差不多的孩子不但很熟悉這兩個詞之外的一大堆法文名詞，還能輕而易舉地把這些名詞跟動詞組合在一起，讓這名小女孩不禁大驚失色。

她目不轉睛地看著莎拉，不斷咬著辮子上的絲帶。這一幕正好被怒氣沖沖的敏欽小姐看到了，她馬上抓住了這個可以發洩怒氣的機會。

「聖約翰小姐！」她嚴厲地喊道，「妳這是什麼姿勢？把妳的手肘放下來！不要把絲帶放在嘴巴裡！立刻坐正！」

聖約翰小姐又嚇了一跳，她在拉維妮亞和潔西的竊笑聲中漲紅了臉——連眼淚都快要從她可憐、呆滯而稚氣的雙眼中流下來了。莎拉看著她，替她感到非常難過，並因此開始喜歡上她了。莎拉想要和她做朋友。莎拉的個性讓她總是想要在他人面臨不舒服或不開心的處境時挺身而出。

「如果莎拉是個生活在幾十年前的男孩，」她的父親曾這麼說，「她一定會提著劍走遍國土，拯救並保護那些陷苦難的人。她每次看到他人遇到問題都想要替他們出聲。」

因此，她對肥胖又遲緩的聖約翰小姐懷有好感，整個早上都一直在看她。她觀察到，這些課程對她來說並不簡單，她大概沒有機會在未來成為敏欽小姐的得意門生了。她的法語簡直慘不忍睹，她的發音讓杜法先生都忍不住笑了出來，拉維妮亞、潔西和其他比較幸運的女孩都一臉蔑視，不是在偷笑就是盯著她看。但莎拉沒有笑。她在聖約翰小姐把「好吃的麵包」說成「好粗的麵包」時裝作沒有聽見。她的個性善良，有自己的堅持，所以在聽到嘲笑聲並看到小女孩可憐、遲鈍又痛苦的臉時，她覺得那些人太過無禮了。

「這根本一點也不好笑，」她趴在桌上，喃喃自語道，「她們不該這樣嘲笑別人。」

當天的課程結束後，這些學生三五成群地聚在一起聊天。莎拉環顧一周，找到了難過地坐在窗臺上的聖約翰小姐，她走過去向她開口說話。她說的話跟一般小女孩剛認識新朋友時說的話沒有兩樣，但人們總是能感覺到莎拉有種特別友善的氣質。

「妳叫什麼名字？」她說。

聖約翰小姐對莎拉的搭話感到十分驚奇。每位新生入學時，學生們的反應總是不太一樣，而莎拉這位新生則讓整座學校的學生都在前一晚興奮萬分，互相轉述一些自相矛盾的故事，直到累到睡著。一位擁有馬車、小馬和女傭，還一路從印度乘船過來，並且能讓大家談論整晚的新生，絕對不是個普通的新朋友。

「我叫做艾曼加德．聖約翰。」她回答。

「我是莎拉．克魯，」莎拉說，「妳的名字很美，聽起來像是一本故事書。」

「妳喜歡我的名字嗎？」艾曼加德激動地說，「我、我也喜歡妳的名字喔。」

聖約翰小姐目前的人生中遇到的最大難題是：她有一位聰明的父親。對她來說，這個問題有時簡直是一場毀滅性的災難。如果你的爸爸上知天文、下知地理、會說七到八種語言、可以默背出好幾千本書，那麼他當然會認為你至少要通曉課本的內容，想必他也很有可能會覺得你應該熟記幾個歷史事件，能夠好好寫完法文作業。對聖約翰先生來說，艾曼加德是個艱難的考驗。他的小孩毫無疑問是個特別遲鈍的傻瓜，沒有任何傑出的專長，他沒辦法理解自己怎麼會生出這樣的小孩。

「我的老天爺！」他不只一次盯著她說，「我好幾次都覺得她簡直跟她的伊莉莎姑姑一樣笨！」

如果她的伊莉莎姑姑對所有事物都學得很慢又忘得很快的話，那麼艾曼加德的確和她很像。誰也沒辦法否認，她是這所學校裡的最笨的劣等生。

「妳必須要**強迫**她學習。」她的父親這麼告訴敏欽小姐。

因此，艾曼加德有大半輩子的時間都在羞愧地哭泣。她學會某樣事物之後又會全數遺忘，有時就算她記起來某些事物也只是硬背，沒有辦法真正理解。所以莎拉來找她交朋友時，她會坐在窗臺上欽慕不已地盯著莎拉看也是自然而然的事。

「妳會說法語對不對？」她敬佩地說。

莎拉爬上面前這個又大又寬的窗臺，把腳縮了上去，用手臂環抱住膝蓋。

「那是因為從小到大我身邊的人都在跟我說法文，所以我才會說法文，」她回答，「如果妳身邊的人也一直跟妳說法文，妳也可以學會。」

「噢，不，我不會，」艾曼加德說，「我**永遠**也沒辦法學會說法文的！」

「為什麼呢？」莎拉好奇地問。

艾曼加德搖搖頭，頭上的小辮子也跟著左右搖晃。

「妳剛剛也聽到了，」她說，「我的法文一直都是那樣。我沒辦法**說出**那些字，那些字太奇怪了。」

她停頓了一下，接著用有點敬畏的聲音開口道：「妳很**聰明**，對不對？」

莎拉透過黯淡的方形窗戶看向外面，幾隻麻雀在溼潤的鐵柵欄和烏黑的樹枝上跳躍，不斷啁啾鳴叫。她認真思考了一陣子。她常常聽到別人說她「聰明」，但她一直在想自己到底聰不聰明——也一直在想，如果她真的很聰明的話，那又是怎麼變聰明的。

「我不知道，」她說，「我不曉得自己聰不聰明。」艾曼加德圓滾滾的小臉上露出了難過的表情，莎拉笑了出來，轉移了話題。

「妳想要見見艾蜜莉嗎？」她問。

「艾蜜莉是誰？」艾曼加德問了敏欽小姐問過的問題。

「跟我上去我房間見見她。」莎拉牽起她的手。

她們一起跳下窗臺，走到樓上去。

「我聽說，」在兩人一起走過長廊時，艾曼加德悄悄問道，「妳有一個自己的遊戲室，是真的嗎？」

「是真的呀，」莎拉回答，「爸爸要求敏欽小姐讓我能有一間自己的遊戲室，因為——好吧，其實是因為我有時候會自己編故事，然後說給自己聽，但是我不喜歡我在說故事的時候被別人聽到。一想到別人聽到我說故事，我就覺得不有趣了。」

這時她們剛走進莎拉房間外的那條走廊上，艾曼加德停下了腳步，屏息凝視著莎拉。

「妳會自己**編**故事！」她倒抽了一口氣，「妳知道怎麼編嗎——就跟妳知道怎麼說法語一樣嗎？妳**知道**怎麼編？」

莎拉驚異地看著她。

「為什麼這麼問？任何人都可以編故事啊，」她說，「妳從來沒試過嗎？」

她謹慎地握住艾曼加德的手。

「我們走向房門的時候要非常小聲，」她輕聲細語地說，「等一下我會突然把門打開，說不定我們可以抓到她。」

莎拉笑容滿面，眼睛裡閃爍著一絲神祕的期待，雖然艾曼加德不知道莎拉說的話是什麼意思，也對她想要抓住誰或者為什麼要抓都毫無頭緒，但她還是覺得這件事很吸引她。不論莎拉想要做什麼，艾曼加德都很確定那一定是件令人覺得興奮又有趣的事情。因此，她滿心期待，興奮不已地跟著莎拉躡手躡腳地走過長廊。她們一路鴉雀無聲地走到了房門前。莎拉突然轉動把手，一把將門打開。她動作迅速而且簡潔地打開房門，房間裡的壁爐裡閃爍著溫和的火焰，一旁的椅子上放著一個完美的洋娃娃，看起來顯然正在讀書。

「噢，她在我們看到之前就回去她的座位了！」莎拉解釋道，「我想也是，她們每次都這樣，她們都快得跟閃電一樣。」

艾曼加德的視線從她身上轉到洋娃娃那裡，接著又看向她。

「她——會走路嗎？」她屏氣凝神地問。

「會啊，」莎拉回答，「至少我相信她會。至少我**假裝**自己相信她會。只要我假裝相信，這件事就像是真的了。妳從來沒有假裝相信過什麼事嗎？」

「沒有。」艾曼加德說，「從來沒有。我——告訴我妳是怎麼做到的。」

儘管艾蜜莉是她所看過的洋娃娃裡最吸引人的娃娃，她還是只盯著莎拉看，因為這個古怪的新朋友實在太令人著迷了。

「我們先坐下來吧，」莎拉說，「坐下之後我再告訴妳。假裝相信一件事並不難，一旦妳開始假裝了之後，妳就停不下來了。妳可以接二連三地假裝相信事情，根本不需要間斷。假裝是件很美麗的事。艾蜜莉，妳要注意聽喔。艾蜜莉，她是艾曼加德．聖約翰。艾曼加德，她是艾蜜莉。妳想要抱抱她嗎？」

「噢，我可以抱她嗎？」艾曼加德說，「真的可以嗎？她好漂亮啊！」莎拉把艾蜜莉放進她的臂彎裡。

在聖約翰小姐目前無聊又短暫的人生中，她連作夢都沒有想過她會經歷這樣的時光：她有整整一個小時都和這個奇異的新生在一起，直到午餐鈴響，她們被迫要下樓為止。

莎拉坐在壁爐前的地毯上告訴她許多奇思怪想。她抱著膝蓋，綠色的眼睛閃閃發光，臉色紅潤。她說了海上航行的故事，也說了印度的故事，但是最讓艾曼加德著迷的是她對洋娃娃的想像。莎拉說洋娃娃會走路，也會說話，只要人類不在房間裡，她們就可以做任何想做的事，但她們一定要保守這個祕密，所以要在人類回房間的時候「像閃電一樣」回到本來的位置。

「我們沒辦法移動得那麼快，」莎拉認真地說，「那是一種魔法。」

在她說起怎麼找到艾蜜莉的故事時，艾曼加德看到她的臉色突然一變。她原本光彩動人的眼睛似乎被一片烏雲掩蓋住了，變得黯淡無光。她急速地抽了一口氣，聽起來滑稽卻又悲傷，接下來她緊緊抿住嘴唇，好像她在抉擇**要不要**做某件事情。艾曼加德覺得，如果莎拉是個一般的小女孩的話，這個時候可能已經嚎啕大哭了。但她沒有。

「妳覺得哪裡、哪裡痛嗎？」艾曼加德提起勇氣問道。

「對。」莎拉沉默了好一陣子後回答，「但不是我的身體在痛。」接著她的聲音轉低，似乎在試著保持鎮定，「妳對父親的愛是否超過妳對世上任何事物的愛呢？」

艾曼加德呆愣地張開嘴巴。她知道對一位菁英淑女學院的學生來說，回答「我從沒有想過我**可以**愛我的父親」和「我寧願做任何事也不想和父親獨處超過十分鐘」是一件非常不體面的事。她覺得極為尷尬。

「我、我很少看到他，」她結結巴巴地說，「他一直都在圖書館——在讀書。」

「我對父親的愛比我對整個世界的愛還要多十倍以上，」莎拉說，「這就是這種痛苦的來源。他已經離開了。」

她抱著膝蓋，靜靜地把額頭倚靠在小小的膝蓋上，有好幾分鐘動也不動。

「她就要大聲哭出來了。」艾曼加德擔心地想著。

但莎拉沒有哭。她定定地坐著，一綹黑色的短髮垂落在耳邊。她繼續說話的時候沒有抬頭。

「我答應過他我要忍耐，」她說，「所以我會忍耐。人都需要忍耐。想想看軍人要多麼忍耐啊！我爸爸就是軍人，遇到戰爭的時候，他要忍耐行軍，要忍耐口渴，可能還要忍耐嚴重的傷口。但他絕對一句話都不會抱怨——一句都不會。」

艾曼加德只能盯著她看，她覺得自己已經開始仰慕莎拉了。她是個奇妙的小孩，非常與眾不同。

沒過多久，她就抬起頭來，把那綹黑髮甩到耳後，揚起一抹奇異的笑容。

「如果我能一直、一直說話，」她說，「告訴妳一些跟假裝有關的事情的話，我就會覺得比較能夠忍耐了。妳不會忘記痛苦，但妳會覺得比較能夠忍耐。」

艾曼加德不知道自己為什麼會有點哽咽，眼睛裡好像充滿了淚水。

「拉維妮亞和潔西是『最好的朋友』」，她聲音沙啞地說，「我希望我們也能是『最好的朋友』。妳願意把我當成最好的朋友嗎？妳很聰明，而我是學校裡最笨的孩子，但是，我……噢，我真的很喜歡妳！」

「謝謝妳喜歡我，」莎拉說，「有人喜歡的時候會讓妳覺得欣慰。沒問題，我們可以當朋友。我跟妳說，」她的表情突然變得光彩奪目，「我可以幫妳學好法語。」

第四章　蘿蒂

如果莎拉的個性像一般的小孩，在敏欽小姐女子菁英學院度過接下來幾年對她來說不會有任何好處。這所學校對待她的方式不像在教導一個小女孩，反而像在招待一名貴客。如果她是個自大又囂張跋扈的孩子，她可能會因為學校的縱容和奉承而養成令人無法忍受的壞脾氣。如果她是個懶散的孩子，她將會變得不學無術。敏欽小姐私底下很討厭她，但她是個唯利是圖的女人，不會做出任何可能會讓莎拉想要離開學校的事，畢竟莎拉是她很想要的那種學生。敏欽小姐很清楚，如果莎拉寫信給她爸爸，說她覺得不舒服或不高興的話，克魯上校一定會馬上把她帶走。在敏欽小姐看來，不論是什麼地方，只要小孩子一直受到讚美，並被縱容去做任何她想做的事，那麼小孩子就一定會喜歡上這種地方。於是，莎拉受到稱讚的理由包括了在課堂上反應很快、親切有禮、善待同學、從滿滿的小錢包裡拿出六便士給乞丐等等。她所做的小事都被當成了美德，如果她不是個有所堅持的人，而且有一個聰明的小腦袋瓜的話，她可能會變成一位過於自命不凡的年輕人。幸好她聰明的小腦袋還懷有理性，會告訴她關於她自己或環境的真相，此外，這段時間以來她也常常跟艾曼加德聊天。

「大家都會剛好遇到某些事。」她曾這麼說過，「我剛好遇到了很多好事，我只是**剛好**很喜歡上課和讀書，可以在學會知識之後記住。我只是剛好有這樣的爸爸，他英俊、善良又聰明，可以提供一切我想要的東西。說不定我的脾氣其實一點也不好，但是我生長在一個想要什麼就有什麼，而且大家都對我很親切的環境裡，在這種環境長大的小孩怎麼可能沒有好脾氣呢？」她的表情嚴肅，「我不曉得要怎樣才能知道我本來到底是個好小孩還是壞小孩。說不定我是個**壞透了**的小孩，但是永遠也不會有人知道，因為我沒有遇到會讓我變壞的壞事。」

「拉維妮亞也沒有遇到壞事啊，」艾曼加德耿直地說，「可是她還是很壞。」

莎拉認真地把這件事思索了一遍，摸了摸自己小小的鼻尖。

「這個嘛，」莎拉最後說，「可能——可能是因為拉維妮亞還在**長大**呀。」她之前曾聽愛米莉亞說，她覺得拉維妮亞長得太快了，可能會影響她的健康和脾氣，莎拉以這個記憶為基礎，寬容地想出了這個答案。

拉維妮亞其實是個心懷惡意的孩子。她非常忌妒莎拉。在莎拉這個新生進入學校之前，她一直覺得自己是學校裡的領袖。但是她之所以會成為領袖，是因為只要有人不遵從她，她就會大發脾氣。她對待較小的孩子總是囂張跋扈，對待大到足以當朋友的人時又顯得十分自大。她長得十分漂亮，之前只要菁英學院的學生兩人一排一起走出學校時，她總是隊伍中穿得最好看的學生。但莎拉出現之後，帶來了絲絨大衣和貂皮手筒，上面垂綴著鴕鳥的羽毛，敏欽小姐因此讓她排在隊伍的最前面。這件事一開始就讓拉維妮亞極為不滿，隨著時光流逝，她發現莎拉竟然也是領袖，而且她能成為領袖的原因不是因為她會發脾氣，而是因為她從來不發脾氣。

「莎拉．克魯有一個特色，」潔西的據實以告讓她「最好的朋友」覺得很生氣，「她從來不會表現出自大的樣子。妳知道她是有本錢可以自大的，拉維妮亞，如果我像她一樣擁有這麼多東西，又被這麼無微不至地照顧的話，我多少也會變得有點自大。敏欽小姐在家長來時炫耀莎拉的樣子真是讓人覺得噁心。」

「『親愛的莎拉，一定要來接待室告訴馬斯格雷夫人印度的故事。』」拉維妮亞維妙維肖地模仿起敏欽小姐，「『親愛的莎拉，一定要用法文跟皮特金小姐說說話，她的口音簡直太完美了。』說這麼多幹嘛，她又不是在學校學會法文的。而且她會說法文也不是因為她有多聰明，她自己也說過她不是『學會』法文，她只是因為一直聽到她爸爸說法文，所以就會了。至於她的爸爸，也只是在印度當軍人而已，沒什麼好神氣的。」

「喔，」潔西慢條斯理地說，「他殺過很多老虎啊。莎拉房間裡的老虎皮就是他殺掉的老虎之一，所以她才那麼喜歡那張虎皮。她會躺在那張老虎皮上，摸牠的頭，還跟牠說話，好像那是一隻貓一樣。」

「她一天到晚都在做蠢事。」拉維妮亞怒氣沖沖地說，「我媽媽說她裝模作樣的，很愚蠢，還說她長大以後會變成怪人。」

莎拉的確從來不是一個「神氣」的人。她待人和善，總是大方地和其他人一起分享她的特權和物品。年紀比較小的小孩通常會被那些十一、二歲的成熟小姐鄙視地趕到一旁，但她們從來沒有被眾人最羨慕的小孩——也就是莎拉——弄哭過。莎拉是個十分有母愛的孩子，只要看到有人跌倒之後碰傷膝蓋，她就會跑過去扶她起來，拍拍她，從口袋裡拿出夾心軟糖或其他可以安慰人的東西。她從來不會動手推她們，也不會在言詞中暗示她們年紀小是一件很丟臉的事。

「如果妳四歲大，那就是只有四歲。」拉維妮亞某次在眾人面前打了蘿蒂一巴掌後，說她「乳臭未乾」，然而莎拉馬上義正嚴詞地告訴她：「明年就會是五歲，後年就是六歲，」她露出善惡分明的眼神，「十六年之後，妳就是二十歲。」

「我的老天爺啊，」拉維妮亞說，「好像我不會算術一樣！」十六加四等於二十是個無庸置疑的事實——但二十歲是連最大膽的小孩都不敢想像的年齡。

年紀小的孩子都因為這件事而開始仰慕莎拉。她邀請那些被排斥的小孩到她房間舉辦過很多次下午茶會，艾蜜莉也參與了下午茶會，她還擁有自己的茶具——她的杯子裡被注滿了香甜的淡茶，杯子上面有藍色的小花。從來沒有人見過那麼擬真的洋娃娃茶具。從第一個下午茶會開始，莎拉就被所有還在學字母的孩子當成了女神和女王。

蘿蒂・雷極度崇拜莎拉，如果莎拉不是個充滿母愛的人，她必定會覺得蘿蒂很煩人。蘿蒂當初被她不負責的年輕爸爸送來學校，因為她的爸爸不知道該拿她如何是好。蘿蒂的母親已經去世了，她從出生的那一刻開始，周遭的人就把她視為他們最喜歡的洋娃娃、十分受寵的寵物猴或者用以玩賞的小狗，這種教養方式讓她變成了一個嚇人的小孩。每當她想要某個東西或不想要某個東西時，她就會嚎啕大哭。而她總是想要那些她不應該擁有的東西，又不想要那些對她有益處的東西，因此，她刺耳的啼哭聲每每不是在這間房間響起，就是在那間房間迴盪。

她不可思議地理解了一件事：像她這麼小就失去母親的小女孩應該要被人憐憫，應該要受人多加關心，這就是她最有力的武器。或許她在母親死後聽過別的大人討論她，因此，善加利用這個知識便成了她最大的興趣。

莎拉第一次負責照顧她的那天早上，是她在經過起居室時，聽到敏欽小姐和愛米莉亞小姐正試著讓一個生氣而且嚎啕大哭的小孩安靜下來，顯然那個小孩不願意保持安靜。她哭得非常激烈，讓敏欽小姐幾乎要用吼叫的——當然是用莊重而嚴肅的方式吼叫——才能蓋過她的哭聲。

「她為什麼**一直在**哭？」她用接近大叫的音量喊道。

「啊——啊——啊！」莎拉聽到一個聲音哭喊著，「我沒有媽——媽——啊！」

「喔，蘿蒂！」愛米莉亞小姐尖叫道，「親愛的，快停下來！別哭了！拜託妳別再哭了！」

「啊！啊！啊！啊！啊！」蘿蒂激動地嚎哭，「沒——有——媽——媽——啊！」

「她應該被好好教訓一頓，」敏欽小姐說，「妳**應該**被好好教訓一頓，妳這個野孩子！」

蘿蒂哭得更大聲了。愛米莉亞小姐也跟著哭了起來。敏欽小姐的聲音大到幾乎像在嘶吼，接著她突然從椅子上跳了起來，帶著無能為力的憤怒斷然離開房間，只留下愛米莉亞一個人處理房內的一團混亂。

莎拉在走廊上停下腳步，考慮著她是不是應該進去房間裡面。她最近剛和蘿蒂成為朋友，或許她有辦法讓她安靜下來。敏欽小姐踏出房門後便看到了莎拉，這讓她十分惱怒，因為她知道自己剛剛在房間發出的聲音既不莊重也不高雅。

「噢，莎拉！」她向莎拉勉力擠出一個合乎禮節的微笑。

「我會停下來是因為我聽到蘿蒂在裡面哭，」莎拉解釋道，「我在想，說不定——說不定我可以讓她安靜下來。敏欽小姐，我可以試試看嗎？」

「妳有辦法不會去試試看嗎？妳這孩子不是聰明得很嗎？」敏欽小姐尖刻地抿著唇回答。下一刻，她看到莎拉似乎被她粗暴的態度嚇了一跳，便馬上改變了語氣道：「妳在各方面都很聰明呢，我覺得妳一定有辦法安撫好她的，去試試吧。」說完後，敏欽小姐便走了。

莎拉走進房間的時候，蘿蒂仰躺在地上，一邊尖叫一邊激動地踢著她胖胖的小短腿，而愛米莉亞小姐看起來既驚駭又絕望，因為彎著腰安撫蘿蒂而滿臉通紅，汗流浹背。蘿蒂以前在家中的幼兒房時，只要她不斷亂踢、不斷尖叫，其他人就會為了讓她安靜下來答應她的所有要求。肥胖的愛米莉亞小姐可憐兮兮地試著各種不同方法想讓她安靜下來。

她一下子說：「可憐的孩子，我知道妳沒有媽媽了，小可憐啊——」一下子又換了一種語調道：「蘿蒂，如果妳再不停下來，我就要強迫妳停下了喔。小可憐！別哭了——！妳這孩子真是太過分、太惡劣、太討厭了，我要揍妳了喔！我真的會揍妳喔！」

莎拉靜悄悄地走向她們。她不知道該怎麼做才對，但心中隱約覺得自己最好不要像愛米莉亞一樣，因為無助和激動而說出一些反覆不一的話。

「愛米莉亞小姐，」她小聲地說，「敏欽小姐說可以讓我試著安撫她——好嗎？」

愛米莉亞小姐轉過身，無助地看著她，氣喘吁吁地說：「噢，妳覺得妳**有辦法**讓她停下來嗎？」

「我不知道我**有沒有辦法**，」莎拉輕聲回答，「但我可以試試看。」

愛米莉亞小姐遲疑地站起身，重重地嘆了一口氣，蘿蒂則更加用力地亂踢著她胖胖的小短腿。

「麻煩妳小聲地離開房間，」莎拉說，「我會留在這裡陪她。」

「噢，莎拉呀！」愛米莉亞小姐抽抽噎噎地說，「我們從來沒有遇過這麼糟糕的孩子。我覺得我們可能沒辦法讓她留下來了。」

她躡手躡腳地走出房間，十分慶幸自己終於有理由能夠離開了。

莎拉花了一小段時間站在憤怒得嚎啕大哭的小孩身邊，一語不發地低頭看著她。接著她坐在一旁的地板上，靜靜等待。整個房間裡除了蘿蒂憤怒的尖叫聲之外，就沒有別的聲音了。這對雷小姐來說是前所未見的情況，她已經習慣每次尖叫時會聽見一旁的人輪番抗議、哀求、下命令或哄騙她。但她現在躺在地上一邊亂踢一邊尖叫，身旁的人卻好像一點也不想理會，這讓她在意了起來。她睜開本來緊緊閉著流淚的雙眼，看看身旁的人是誰。坐在旁邊的人只是一個小女孩，不過這個小女孩擁有艾蜜莉和一切美好的事物。小女孩靜靜地看著她，好像她只是在一旁沉思。蘿蒂花了幾秒停下哭聲，看清狀況，之後便覺得自己應該繼續放聲大哭。但是房間裡靜悄悄的氣氛和莎拉臉上古怪又有趣的表情讓她的第一聲啼哭變得有點敷衍了事。

「我——沒——有——媽——媽——啊！」她再次呼喊，但聲音已經沒有之前那麼大聲了。

莎拉更加冷靜地看著她，眼中多了一份理解。

「我也沒有媽媽。」她說。

這句話太出乎蘿蒂的意料之外了。她震驚得放下了亂踢的腳，扭動了一下之後，便躺在地上盯著莎拉看。一個新奇的念頭能比任何東西還要有效地讓小孩停止哭泣，再加上蘿蒂本來就不喜歡壞脾氣的敏欽小姐和愚笨而寬容的愛米莉亞小姐，雖然她才剛認識莎拉，但她比較喜歡莎拉。其實蘿蒂並不打算就此結束自己委屈的哭泣，但她被莎拉分心了。她又扭動了一下，發出悶悶不樂的抽泣聲後，說：「她在哪裡？」

莎拉停頓了一下。其他人都告訴她，她媽媽現在在天堂，她花了很多時間思考這件事。她的想法向來異於常人。

「她去天堂了。」她說，「但我相信她偶爾會來看我——不過我看不到她。妳媽媽也一樣，或許她們兩個現在就在看著我們，或許她們現在就在這間房間裡。」

蘿蒂突然筆直地坐了起來，並環顧房間一圈。她是個有著一頭捲髮的漂亮小孩，圓滾滾的溼潤眼睛就像藍色的勿忘我小花。如果她的媽媽在剛剛那半小時裡正看著她的話，她可能不會認為這種小孩和天使有任何關連。

莎拉繼續說了下去。或許有些人會認為莎拉說的只是童話故事，但是這些故事在莎拉的想像裡都是真的，這讓蘿蒂不由自主地開始認真聆聽。很多人跟她說過，她的媽媽有翅膀和皇冠，她還看過很多穿著白色睡袍的漂亮女人的圖片，大家都說那就是天使。但是莎拉說的故事就像是真的一樣，故事裡有一個可愛的小鎮，有真的人住在裡面。

「那裡有一整片花海，」她一如往常地進入了忘我的狀態，夢往神遊般地說，「還有一整片百合花，每當有微風吹過，百合花的香氣就會飄散在空氣中。人們無時無刻都可以聞到百合花香，因為那裡無時無刻都有微風吹過。小孩子們會在百合花田裡奔跑，採集一大把百合花，一邊歡笑一邊把百合花編成花環。那裡的街道閃閃發光，住在裡面的人不管走了多遠都永不會疲憊，他們可以飛去任何想去的地方。在那座城市外圍有一圈珍珠和黃金打造的圍牆，那圈圍牆很矮，住在那裡的人只要靠在圍牆上面往下看，就可以看到地球，他們可以面帶微笑從那裡傳送美麗的訊息到地球上。」

不論她說的是哪個故事，蘿蒂無疑都會停止哭泣，著迷地聆聽。而這個故事比其它故事都還要更美，她挪動身體靠近莎拉，一語不發地聽著故事直到結局——但結局來得太快了，故事結束的時候，蘿蒂覺得很不開心，她不高興地噘起嘴。

「我想要去那裡，」她喊道，「我、我在學校沒有媽媽。」

莎拉看出了她想要繼續大哭的徵兆，從說故事的恍惚狀態中脫離出來。她握住蘿蒂圓滾滾的手，把她拉到身邊，寵溺地小聲笑著。

「我可以當妳的媽媽呀，」她說，「我們可以假裝妳是我的小女兒，艾蜜莉可以當妳的姊姊。」

蘿蒂的小酒窩慢慢冒出頭來。

「她可以當我的姊姊？」她說。

「可以呀，」莎拉很快地站了起來，「我們現在就去告訴她吧。然後我會幫妳洗臉，再幫妳梳頭髮。」

蘿蒂歡天喜地地同意了，她跟著莎拉快步走出房間並上了樓，完全忘了一小時前的災難正是由於她不願意在午餐前好好梳洗，所以才會被敏欽小姐叫進房間，以威權

第五章　貝琪

莎拉最吸引追隨者、也最令拉維妮亞和其他女孩又忌妒又不由自主著迷的，並不是她擁有的各種豪華物品，也不是她「得意門生」的身分，而是她說故事的能力。她所描述的一切事物——不論是真是假——都像是個故事。

如果你曾經在學校裡遇到擅長說故事的同學，你就會懂得那種奇妙的狀況——一群人跟在擅長說故事的人後面，輕聲懇求他或她多說幾個傳奇故事；學生們會盡量和那些總是能聽到故事的人玩在一起，希望那些人可以准許他們一起聽故事。莎拉不但擅長說故事，她還熱愛說故事。每當在學生圍成的圈圈中或站或坐地開始說故事時，她的綠色大眼睛就會綻放出奪目的光彩，臉色也會變得紅潤。她會不知不覺在說故事時加上動作，聲音也會隨著故事情節出現抑揚頓挫的變化，她纖瘦的身體總是會配合情節彎曲或搖擺，還會加上戲劇性的手勢。她在說故事時總是忘記面前還有小孩在聽，她彷彿活在自己所講述的故事中，小精靈、國王、皇后和美麗的女士都在她眼前。

她偶爾會在講完故事時激動得喘不過氣來，並把手放在她急促起伏的瘦小胸口，自嘲似地一笑。

「我在說故事的時候，」她會說，「故事不像是被我編出來的。故事裡的角色好像比妳們還要真實——比這個學校還要真實。我覺得自己好像就是故事裡的角色——我會輪流變身成每一個角色。真是奇怪啊。」

她在敏欽小姐的學校裡待了兩年後遇到了那個小女孩。那是一個霧溼的冬日下午，她走下馬車，身上穿著她最暖和的衣物，沒有意識到衣服上綴著的絲絨與毛皮看起來有多華麗。她在行經人行道時注意到一道視線，一個衣衫襤褸的孩子站在臺階上，正伸長脖子，用一雙大眼睛從柵欄的隙縫中偷看她。這張充滿了渴望與膽怯的小臉上滿是汙垢，但不知為何吸引了莎拉的注意。莎拉看向她，一如對待其他人一樣對她微微一笑。

但睜著一雙大眼睛的髒臉小孩被嚇了一大跳，她顯然覺得自己不應該被重要的學生發現她在偷看。她像裝了彈簧一樣，在瞬間縮回了廚房裡，躲起來的動作非常迅速，若不是她看起來孤苦伶仃，莎拉可能會不小心笑出聲來。那天晚上，莎拉和聽故事的學生們聚在教室的角落，圍成一圈說故事。這時，莎拉下午看到的小孩怯懦地走進了教室。她搬著一箱對她而言太過沉重的煤炭，在壁爐前的毯子上跪了下來，往火裡添加煤炭，再把灰燼掃起來。

她的外表比下午透過柵欄偷看莎拉時乾淨得多，但看起來還是一樣驚恐。顯然她連看都不敢看其他小孩一眼，也不敢顯現出自己在聽她們講話的樣子。她盡其所能地避免發出聲音，小心翼翼地用手指把煤炭一塊塊加進火裡，接著動作輕緩地清潔爐具。她才進來不到兩分鐘，莎拉就發現她其實對學生們正在做的事很感興趣，她工作的動作很慢，希望能聽到故事的隻字片語。發現這點之後，莎拉把說故事的聲音提高，口齒也變得更加清晰。

「一隻隻美人魚在像水晶一樣剔透的綠水中緩緩游動，他們身後有一張用深海珍珠織成的魚網，」她說，「公主坐在雪白的岩石上看著他們。」

在這個美好的故事裡，人魚王子愛上了一位公主，而公主決定要和王子一起住進海底一個光輝燦爛的洞穴裡。

壁爐前的小苦工在清掃完壁爐之後，又掃了一遍。在完成兩遍清潔之後，她又開始清掃第三遍，才清掃到一半，她就被說故事的聲音完全吸引住了。她像中了咒語一樣忘記了自己沒有權利聽故事，也忘記了其他事。她在壁爐前的地毯上跪坐下來，手上還抓著清掃用的刷子。持續講述故事的聲音把她帶進了曲折的洞穴中，裡面折射著柔軟而晶瑩剔透的水藍色光線，底下鋪滿了純金的沙子。深海裡有各種奇花異草在她身旁搖曳生姿，遠處有微弱的歌聲和音樂不斷迴盪。

壁爐刷從女孩因工作變得粗糙的手上掉了下去，拉維妮亞．赫伯特立刻環顧教室一圈。

「那個女生也在聽。」她說。

罪魁禍首一把抓起她的刷子，匆匆站起身。她抓起裝滿煤炭的箱子，像受到驚嚇的兔子一樣逃出了房間。

這讓莎拉覺得忿忿不平。

「我知道她在聽，」她說，「她為什麼不能聽？」

拉維妮雅傲慢地搖了搖頭。

「哎呀，」她評論道，「我是不知道妳媽媽會不會喜歡妳和僕人說故事啦，但至少我很確定**我**媽媽絕對不會喜歡**我**這麼做的。」

「我媽媽！」莎拉露出了古怪的表情，「我相信她一點也不會在意的，她知道故事應該屬於每一個人。」

「我記得沒錯的話，」拉維妮亞依照她鮮明的記憶出言反諷，「妳媽媽已經死了，她怎麼可能會知道這些事呢？」

「妳以為她**沒辦法**知道這些事嗎？」莎拉嚴厲地回答。她有時會用這種十分嚴厲的口吻說話。

「莎拉的媽媽什麼都知道，」蘿蒂尖聲插嘴道，「我媽媽也是。莎拉是我在敏欽小姐學校裡的媽媽，她不算，但我的另一個媽媽什麼都知道。那裡的街道都會發光，還有好大一片百合花海，大家都會去採百合花。是莎拉在哄我上床的時候告訴我的。」

「妳這個討厭鬼，」拉維妮亞對莎拉說，「不過是在編造天堂的故事罷了。」

「《啟示錄》裡面還有更多更美麗的故事，妳快去讀讀看吧！妳怎麼知道我的故事是編造的呢？」莎拉不怎麼心平氣和地回嘴道，「我告訴妳，如果妳繼續用這種態度對待別人的話，妳就永遠也不會知道那些故事是真是假了。蘿蒂，我們走。」她大步走出房間，希望能再次遇到剛剛那個小僕人，但等她步入走廊時，外面已經沒有她的蹤影了。

「負責添火的小女孩是誰呀？」她在那天晚上詢問瑪麗葉。

瑪麗葉馬上滔滔不絕地回答起這個問題。

啊，莎拉小姐的確可能對這件事感興趣呢。她是個無依無靠的小可憐，最近才剛成為廚房女傭——不過除了做廚房女傭的工作外，她連其他的工作也都必須要做。她要擦靴子、擦壁爐、把沉重的煤炭桶搬到樓上又搬到樓下、刷洗地板和窗戶，還要被每個人指使去做事。她現在十四歲了，但因為發育遲緩，看起來像是十二歲。事實上，瑪麗葉覺得她很可憐，她實在太膽小了，只要有人碰巧跟她搭話，她就會嚇得好像那雙驚恐的可憐眼睛就要被她瞪出眼眶似的。

「她叫什麼名字？」莎拉坐在桌旁問道。她用手支著下巴，專心致志地聽著瑪麗葉回話。

她的名字叫貝琪。瑪麗葉每天早上都會聽到樓下的人們每五分鐘就喊一聲「貝琪」，要她去幫忙。

在瑪麗葉離開之後，莎拉坐在椅子上凝視著火焰，想著貝琪的事。她編了一個故事，貝琪在故事裡面是飽受苦難的女主角。莎拉覺得她看起來好像從來沒有吃飽過，她的眼神十分飢渴。她希望自己能再遇到她一次，但後來每次偶然在樓梯間遇到貝琪搬東西上下樓時，她總是一副快要來不及、又很怕被看到的樣子，讓莎拉根本沒辦法跟她說上話。

幾個星期過後，在一個起了濃霧的下午，莎拉一踏進她的起居室就看見一幅令她心生憐憫的畫面。貝琪坐在莎拉最喜歡的那張安樂椅上睡著了，鼻尖和圍裙上都有斑斑點點的煤炭痕，廉價的小帽子半掛在頭上，艱苦的工作遠超過她的小身體所能承受的限度，所以她累垮了。她被叫到樓上來幫學生們鋪好床鋪好讓她們睡覺，學生的人數很多，她又已經奔波了一整天。她把莎拉的房間留到最後。其他人的房間都簡單樸素，但莎拉的房間不一樣。一般學生都只需要日常的生活用品和家具就夠了。而雖然莎拉的起居室其實只是個美麗而明亮的小房間，但對這位廚房女傭來說，這裡簡直像豪華無比的中世紀閨閣。起居室裡面有圖畫、書本和各種來自印度的稀奇古怪小東西，還有沙發與柔軟的矮凳。艾蜜莉獨自坐在屬於她的椅子上，像是掌管萬物的神祇，而壁爐裡的火焰恆常燃燒著，爐柵總是被擦得乾乾淨淨。貝琪每次踏進這裡都覺得無比放鬆，所以她把這裡當作整個下午的最後一個工作地點，她總是希望自己能有機會花幾分鐘坐在柔軟的椅子上，欣賞房間裡各式美麗的家具。家具的主人擁有這個美麗的房間，還能在寒冷的冬天穿上華美的帽子和大衣出門，而她只能透過柵欄的間隙偷看她一眼。

這天下午，她坐下來之後，痠痛的小短腿終於得到了放鬆。這種感覺既美妙又愉悅，讓她覺得整個人都放鬆了下來。閃爍的火光帶來的溫暖與舒適像是一道纏繞在她身上的咒語，她看著發紅的煤炭，一抹疲倦的微笑悄悄爬上她汙跡斑斑的臉。她不知不覺地低下頭，闔上眼睛，沉沉地睡著了。莎拉走進房間時，貝琪其實也才剛進來十分鐘而已，但她已經睡得很熟了，就像她是已經沉睡了一百年的睡美人一樣。不過可憐的貝琪從外表上看來一點也不像睡美人，她看起來只是個醜陋、矮小又累壞了的廚房小苦工。

站在門口的莎拉和貝琪毫無相似之處，兩人簡直像來自兩個不同世界的生物。

莎拉這天下午上的課程是舞蹈課，今天是舞蹈老師出席的日子，雖然她每個星期都會來，但大家還是將這堂課視為十分盛大的事件。每位學生都盛裝打扮，穿起最華美的洋裝。莎拉是跳舞跳得最好的學生，常常被帶到最前面，因此瑪麗葉總是盡其所能地替她準備最精緻、最美麗的洋裝。

莎拉今天身穿一件玫瑰色的洋裝，瑪麗葉用幾朵真的玫瑰串成了花環，戴在莎拉烏黑的髮絲上。她新學會了一種輕快的舞步，能讓她飛掠過房間，彷彿是一隻玫瑰色的蝴蝶正翩翩起舞。跳舞帶來的喜悅與運動讓她容光煥發。

她在進入房間時正踏著像蝴蝶一樣的舞步——接著她便看到了貝琪。她的帽子剛好因為她的一個點頭而斜斜地滑落。

「噢！」莎拉在看到她時輕聲驚呼道，「是那個小可憐！」

看到衣衫襤褸的小孩占據了她喜歡的椅子時，莎拉一點也不覺得生氣。相反的，她其實很高興看到她在那裡。等到飽受苦難的女主角醒來，她就可以跟她講講話了。她躡手躡腳地走過去，站在一旁盯著她看。貝琪輕輕地發出了鼾聲。

「希望她能自己醒過來，」莎拉說，「我不想要叫醒她。但是如果被敏欽小姐發現她在這裡的話，她一定會生氣的。只要再多等幾分鐘，我就叫醒她。」

她坐在桌子的邊緣，輕輕晃動著玫瑰色的纖瘦小腿，思考著該怎麼做比較好。愛米莉亞小姐隨時都有可能會進來，到時候貝琪一定會被責罵。

「但她實在太累了，」她想，「她實在太累了！」

就在那一刻，火焰中的一片煤炭打斷了她紛亂的思緒。那片煤炭從一大團火焰中乍響一聲，噴到壁爐的柵欄旁。貝琪驚醒過來，她睜開眼睛並害怕地抽了一口氣。她沒有發現自己睡著了。她只是想坐下來感受一下美好的火光而已——接著她發現自己正驚恐萬分地看著那名傑出的學生靜靜坐在一旁，好奇地看著她，就像玫瑰精靈。

她跳了起來，發現帽子正掛在耳邊，便伸手緊緊抓住，手忙腳亂地想要把帽子戴好。噢，她害自己陷入了一個超乎預期的大麻煩裡！竟然無禮地在淑女的椅子上睡著了！她會連薪水都拿不到就被趕走的。

她發出喘不過氣似的哭泣聲。

「噢，小姐！噢，小姐！」她結結巴巴地說，「小姐，希望妳能原諒我！噢，小姐，原諒我！」

莎拉從桌子上跳下來，靜靜地走到她身邊。

「不要害怕，」她講話的態度像是小女孩和她的身分一樣平等，「沒什麼好擔心的。」

「小姐，我不是故意的，」貝琪辯解道，「是這裡的火太暖了——還有我也太累了，我、我不是故意的！」

莎拉友善地輕笑出聲，接著把手放在她的肩膀上。

「妳很累了，」她說，「妳是不小心的。妳還沒清醒呢。」

可憐的貝琪震驚地盯著她！她以前從來沒有聽過任何人用這麼親切友好的聲音說話。其他人向來都是在命令她和責罵她，不然就是一巴掌打在她的耳朵上。但眼前這個人——玫瑰色的莎拉因為下午的舞蹈課看起來光彩奪目——的態度似乎不覺得她犯了錯，彷彿她有權利覺得疲倦，甚至有權利睡著！擱在她肩膀上的小手纖瘦而柔軟，是她有生以來看過最不可思議的東西了。

「小姐，妳、妳不生氣嗎？」她急促地喘著氣，「妳不會去跟敏欽小姐說嗎？」

「才不會呢，」莎拉喊道，「我當然不會去跟她說呀。」

沾上了煤炭汙痕的小臉流露出極度驚恐的神情，莎拉突然覺得很難過，幾乎令她難以忍受。她的腦中又浮現了奇特的想法。她把手放在貝琪的臉頰上。

「為什麼要說呢？」她說，「妳跟我是一樣的——我們都一樣是小女孩。只不過剛好我不是妳，妳也不是我罷了，這是誰也無法預料的！」

貝琪聽不懂她說的話。她沒辦法理解這麼奇妙的想法，對她來說，「無法預料」就代表著大禍臨頭，例如被車撞或者從梯子掉下來之後要被送進「醫院」。

「小姐，無、無法預料，」她一邊發著抖一邊恭敬地回答，「是嗎？」

「是呀。」莎拉有點恍惚地看著她回答。但下一刻她又以一種截然不同的語調開口了。她知道貝琪不能理解她剛剛說的話。

「妳的工作做完了嗎？」她詢問，「妳敢不敢在這裡多留幾分鐘呢？」

貝琪再次激動地屏住呼吸。

「小姐，我留在這裡嗎？我嗎？」

莎拉跑到門口，打開門往外看了看，又側耳聆聽了一陣子。

「附近沒有人，」她解釋到，「如果妳已經把大家的臥室都整理好了，或許妳可以留在這裡幾分鐘。我想——說不定——妳會想要吃一塊蛋糕。」

對貝琪而言，接下來的幾分鐘簡直就像在做夢一樣。莎拉打開櫥櫃，拿出一片厚厚的蛋糕給她。她看著貝琪狼吞虎嚥地吃掉蛋糕，感到歡欣鼓舞。她不斷地說話、問問題跟微笑，直到貝琪的恐懼慢慢消退，並鼓起她最大的勇氣開口問了一、兩個問題。

「這件衣服——」她用渴望的眼神看了看玫瑰色的洋裝，大著膽子用近乎於耳語的聲音問道，「這件衣服是妳最好看的衣服嗎？」

「我有幾件舞蹈課的洋裝，這是其中一件，」莎拉回答，「我很喜歡這件洋裝，妳呢？」

那一刻，貝琪羨慕得說不出話來，接著她用敬畏的語調說：「我以前有親眼看過公主。那時候我和很多人一起站在柯芬園外面，看著那些穿得很漂亮的人走進去歌劇院。大部分的人都一直盯著其中一個人，他們說：『那是公主。』公主是個年輕的淑女，全身都是粉紅色的——禮服、斗篷、花朵和身上的所有東西都是。小姐，我剛剛一看到妳坐在桌上，就馬上想起了公主。妳看起來跟她很像。」

「我常常在想，」莎拉一邊思考一邊說道，「我應該會喜歡當公主的感覺，不知道那種感覺是不是很棒。我想我會開始假裝我就是個公主。」

貝琪崇拜地看著她，眼中流露出傾慕之情，但和之前一樣並不理解她在說什麼。莎拉很快就回過神來，轉向貝琪提出了一個新問題。

「貝琪，」她說，「妳那天是不是在聽我說故事呢？」

「是的，小姐。」貝琪承認之後，又升起了一點警戒心，「我知道我不應該聽妳說故事，但是那個故事實在太美了，我、我沒辦法不聽。」

「我很高興妳有在聽我說故事，」莎拉說，「說故事的人最喜歡向想聽故事的人說故事了，我也不知道這是為什麼。妳想把故事聽完嗎？」

貝琪再次激動地屏住呼吸。

「小姐，我可以聽嗎？」她喊道，「就像我也是學生一樣！故事裡有王子、有一邊游泳一邊大笑的白色小人魚，而且他們頭髮上還有星星嗎？」

莎拉點點頭。

「妳現在可能沒有時間聽故事了，」她說，「不過妳可以告訴我，妳以後會在什麼時候來整理我的房間，我會盡量在這裡等妳，每天跟妳說一點故事，直到講完為止。這個故事很可愛，也很長——我每次都會再多加一點情節進去。」

「這樣的話，」貝琪虔誠地悄聲說，「我就可以在工作的時候想像這個故事了，那我就不會在意煤炭箱子有**多重**，也不會在意廚房的工作有**多累**了。」

貝琪走下樓的時候，她已經不是本來那個被重重的煤炭桶壓得步履蹣跚的貝琪了。她的口袋裡有一片蛋糕，而且她覺得又溫暖又飽足。這種感覺並不只是來自於蛋糕和火焰，溫暖和飽足感還有另一個來源：那就是莎拉。

她離開之後，莎拉坐在她最喜歡的桌緣，把腳放在椅子上，手肘靠著膝蓋，手掌撐住下巴。

「如果我**是公主**——是**真正的**公主的話，」她喃喃自語道，「我就可以餽贈各種豐厚的禮物給百姓們了。但就算我只是個假裝的公主，我也可以為其他人做些小事。

第六章　鑽石礦

不久之後，學校發生了一件讓人興奮的事。整個學校的人，包括莎拉在內，都因為這件事無比激動，眾人連續好幾個星期都滔滔不絕地互相討論此事。克魯上校寄來的其中一封信中，提到了一件非常有趣的事。他小時候在學校的一位朋友毫無預警地前往印度拜訪他。這位朋友擁有一大片土地，最近有人在這片土地上挖到了鑽石礦，他正為了挖礦而忙得不可開交。如果挖礦的計畫一切順利，他將會得到一大筆財富，多到光想像就讓人暈頭轉向。他非常喜愛克魯上校這位校園時代的朋友，因此要提供一個機會，讓他能成為挖礦計畫的合夥人，一起分享這個發財的好機會。這是莎拉從這封信上得知的所有內容了。不管多大的商業計畫，都不會有這個挖礦計畫來得吸引莎拉和其他學生，因為「鑽石礦」聽起來簡直就像《一千零一夜》一樣，沒有人能對這件事無動於衷。莎拉覺得鑽石礦令人著迷，她畫了好幾張圖片給艾曼加德和蘿蒂看，圖片上畫著如迷宮一般錯綜複雜的地下通道，通道的上下左右都鑲滿了熠熠生輝的礦石，渾身漆黑的奇怪男子手持沉重的十字鎬把礦石一一挖出來。艾曼加德很喜歡這個故事，蘿蒂則堅持要莎拉每天晚上都把這個故事重講一遍。拉維妮亞尖酸刻薄地告訴潔西說，她才不相信有鑽石礦這種東西存在。

「我媽媽以前花了四十鎊買了一個鑽石戒指，」她說，「上面的鑽石其實不大。如果真的有一個礦坑裡面全部都是鑽石，那礦坑的主人就會有錢到很荒謬的地步！」

「說不定莎拉以後真的會有錢到很荒謬啊。」潔西傻笑著說。

「她不用有錢就夠荒謬了。」拉維妮亞嗤笑了一聲。

「妳一定很恨她。」潔西說。

「我才不恨她。」拉維妮亞憤怒地說，「反正我不相信世界上會有充滿鑽石的礦坑。」

「好吧，但總會有個生產鑽石的方式吧，」潔西又傻笑了起來，「拉維妮亞，妳猜葛楚德是怎麼說的？」

「我不知道她是怎麼說的，而且我也不在意她會不會繼續談論莎拉那個煩人精。」

「她就是在說莎拉。莎拉有很多『假裝』的事，其中之一就是假裝她是公主。她一天到晚都在假裝公主——就算在教室裡也是。她說假裝成公主會讓她上課上得更好，她還叫艾曼加德也假裝自己是公主，但是艾曼加德說自己太胖了。」

「她**本來就**太胖了，」拉維妮亞說，「莎拉則是皮包骨。」

想當然耳，潔西又開始傻笑了。

「她說，是不是公主和妳的外表與妳擁有的東西無關。她說重點在於妳在**想什麼**，跟妳**做了什麼**。」

「我看她八成覺得就算自己是乞丐也可以當公主吧，」拉維妮亞說，「我們乾脆稱呼她為公主殿下算了。」

每當一天的課程結束之後，學生們會聚集在教室的壁爐旁，享受一天當中她們最喜愛的時光。這段時間，敏欽小姐和愛米莉亞小姐會在他們專用的起居室裡喝茶。只要年幼的學生表現良好，不要吵架或鬧哄哄地到處亂跑，所有學生就可以在這個小時之內大量談話，並交換很多祕密。但年幼的學生其實很常吵架和亂跑，因此年長的女孩只要聽到她們起了騷動，就會斥責或來回搖晃她們，藉此打斷她們的喧譁。若她們沒有維持住秩序的話，敏欽小姐或愛米莉亞小姐就很有可能會出現，讓這段慶典般的歡樂時光提早結束。在拉維妮亞和潔西聊天時，教室的房門開了，莎拉領著蘿蒂走了進來。現在蘿蒂每天最喜歡做的事就是像小狗一樣一路跟在莎拉身後。

「她來了，還帶著那個可怕的小孩！」拉維妮亞悄聲說，「她要是這麼喜歡她的話，幹嘛不把她關在房間裡就好了啊？不用五分鐘她就會開始嚎啕大哭了。」

事實上，蘿蒂今天突然很想要到教室裡玩，於是她拜託莎拉媽媽跟她一起來。她一下子就和教室角落裡的一群年幼學生玩在一起了，莎拉則蜷曲著身子坐在窗臺上，打開一本書開始閱讀。那本書講述的是法國大革命的故事，莎拉很快就沉浸在書中一幅幅悲慘的巴士底監獄[3]囚犯的圖片之中。那些囚犯被囚禁在地牢中無數年，他們被救了他們的人帶出監獄的時候，灰白的頭髮和鬍子長到快把整張臉都遮蓋住了，他們甚至已經忘記了監獄之外還有一個世界存在，覺得被救出監獄這件事簡直就像一場夢。

她的心神已經飛到九霄雲之外了，以至於被蘿蒂的一聲哭嚎拉回現實時，她覺得很不高興。她發現，在專心閱讀時突然被別人干擾，絕對比任何事都容易讓她大發脾氣。著迷於閱讀的人應該都很理解這種感覺，惱怒的情緒會在一瞬間籠罩住你，讓你有一種慾望，想要一點都不講理地罵人一頓，這種感覺是很難控制得住的。

「我那時覺得好像有人打了我一拳，」莎拉後來曾向艾曼加德吐露這個祕密，「讓我很想要一拳打回去。所以我要很快地克制住自己，以免說出不好聽的話。」

她在把書放在窗臺上時很快地克制住自己，接著便跳下窗臺，離開那個舒適的角落。

蘿蒂本來只想要安靜地穿越教室，但一開始就因為發出了噪音惹怒拉維妮亞跟潔西，最後不小心跌了一跤，摔傷了她肥胖的膝蓋。她尖叫著揮舞雙手雙腳，身旁的人群混雜著朋友與敵人，一下子有人安撫她，一下子又有人責罵她。

「快點安靜下來，愛哭鬼！快點安靜下來！」拉維妮亞命令道。

「我不是愛哭鬼……我不是啦！」蘿蒂哭喊著，「莎拉，莎——拉！」

「如果妳再不安靜下來的話，敏欽小姐就會聽到妳的聲音了，」潔西喊道，「親愛的蘿蒂，只要妳安靜下來我就給妳一便士！」

「我才不想要妳的錢。」蘿蒂哭哭啼啼地說，接著她低頭看向她圓潤的膝蓋，發現上面竟然有一滴血，她馬上再次嚎啕大哭起來。

莎拉飛奔到她身邊，跪了下來，伸手環抱住她。

「好了，蘿蒂，」她說，「好了，蘿蒂，妳跟莎拉**保證**過的。」

「她說我是愛哭鬼。」蘿蒂流著眼淚說。

莎拉拍拍她，用蘿蒂熟悉的冷靜語調回答。

3 「巴士底」來自法文，意思是「城堡」或「堡壘」。巴士底監獄位於法國，法國的抗議民眾在一七八九年七月十四日占領了巴士底監獄，揭開了法國大革命的序幕。

「蘿蒂小乖乖，如果妳繼續哭的話，妳就會變成愛哭鬼了。妳**保證**過的。」蘿蒂記得她保證過，但是她現在就是想要繼續放聲大哭。

「我沒有媽媽！」她高聲哭喊，「我一個媽媽都——沒——有——！」

「有啊，妳有媽媽呀，」莎拉用愉悅的語調說，「妳忘記了嗎？妳忘了莎拉就是妳媽媽了嗎？妳不想要莎拉當妳媽媽了嗎？」

蘿蒂抱住莎拉，安心地吸了吸鼻子。

「跟我一起坐到窗臺吧，」莎拉繼續說道，「我會小聲地說故事給妳聽。」

「妳要說故事嗎？」蘿蒂抽抽噎噎地說，「妳會、妳會跟我說、說鑽石礦的故事嗎？」

「鑽石礦？」拉維妮亞大聲插話，「這個被寵壞的髒小孩，我一定要**打她一巴掌**！」

莎拉立刻站起身。她在幾分鐘前還沉浸於描述巴士底監獄的那本書中，被打斷後，她知道自己必須過來照顧她的小孩蘿蒂，所以才努力克制住自己的怒火。但她可不是什麼天使，而且她一點也不喜歡拉維妮亞。

「喔？」她帶著些許火氣道，「我才想要打**妳**一巴掌呢——但我是不會打妳的！」她克制地繼續說，「我很想要打妳一巴掌，也很**願意**打妳一巴掌，但我**不會**打妳。我們都已經不是幼稚的小孩了，我們已經長大了，都應該更懂事才對。」

拉維妮亞馬上抓住了這個機會。

「啊，是的，公主殿下，」她說，「我知道，我們都是公主嘛。至少我們之中有一個是公主啦。敏欽小姐的學生中有一個公主，這間學校真是太高貴了。」

莎拉走到她的面前，看起來像是想要一巴掌打在她的耳朵上。或許她真的很想。在心中假裝某些事情是她生活中的樂趣，但她從來不會跟她不喜歡的女孩透露這些事。假裝自己是公主這件事是她非常私密的新「假裝」，她對此既害羞又敏感。她本來想要把這件事當成祕密，但現在拉維妮亞卻在全校的學生面前嘲笑這件事。她覺得血液全都流到了臉上，耳朵中嗡嗡作響。但她勉強壓抑住自己。如果妳是個公主的話，妳是不會氣到動手的。她放下手，靜靜佇立了幾秒。她再次開口的時候，聲音已經恢復平靜與穩定。她抬起頭，每個人都在聽她說話。

「沒錯，」她說，「有時候我會假裝自己是一位公主。我假裝自己是公主，因此會盡量讓自己的一言一行都像公主。」

拉維妮亞想不到她應該回答什麼才對。她和莎拉對答時遇過好幾次這種狀況，常常想不到一個令她滿意的回答。追根究柢，其實是因為圍觀的人總是會隱約流露出贊同她對手的神色。就像現在，周圍的人都深感興趣地豎起耳朵。她們其實都很喜歡公主，希望能夠聽眼前這位公主說更多跟公主有關的事，並藉此更加接近莎拉。

拉維妮亞只能想到一句平淡的回覆。

「天啊，」她說，「希望妳登基的時候別忘了我們才好！」

「我當然不會忘記。」莎拉說完後，便一語不發地靜靜站在那裡盯著拉維妮亞，直到她抓著潔西的手臂離開為止。

從這一天開始，那些忌妒莎拉的女孩便在每次想要表達出輕蔑之情時稱她為「莎拉公主」，而喜歡她的女孩則將「莎拉公主」當作一種愛稱。沒有人單單稱呼她為「公主」而去掉「莎拉」這兩個字，崇拜她的女孩們非常喜愛「莎拉公主」這個頭銜所帶來的生動想像與華麗感。敏欽小姐在聽說了這個綽號之後，向來參觀的好幾位家長提起過這件事，好像這種印象能讓他們覺得這間學校是間皇家寄宿學院似的。

貝琪覺得「莎拉公主」這個頭銜再自然不過了。自從那個霧濛濛的下午，她在舒適的椅子上驚醒並跳起來的那一刻開始，她和莎拉之間的友誼漸漸變得越來越深厚，不過她必須承認，敏欽小姐和愛米莉亞小姐對此知之甚微。她們只注意到莎拉對廚房女傭「很親切」，沒有發現貝琪冒險偷偷享受的那些歡樂時光。貝琪每天都用閃電般的速度整理好樓上的所有房間，等到終於把沉重的煤炭箱搬進莎拉的起居室後，她就會發出滿足的嘆息。在那段短短的時間中，莎拉會把故事分段講給她聽，還會拿出豐富的食物，讓她當場吃完，或者放進口袋裡，帶回她閣樓的房間裡再吃。

「小姐，我在吃東西的時候都要很小心，」她有一次說，「因為要是我掉下食物屑的話，老鼠會跑出來吃食物屑。」

「老鼠！」莎拉恐懼地驚呼，「那裡有**老鼠**嗎？」

「有很多老鼠啊，小姐，」貝琪稀鬆平常地回答，「閣樓裡有很多大老鼠和小老鼠，只要住在那裡就會習慣牠們到處亂跑時發出的聲音。我已經習慣了，只要牠們不要跑到我的枕頭上，我就不會在意。」

「噁！」莎拉說。

「只要過了一段時間，妳什麼都能習慣的。」貝琪說，「小姐，妳如果生下來就必須當廚房女傭，妳就必須要習慣。我寧願樓上有老鼠，也不要有蟑螂。」

「我想也是，」莎拉說，「我猜只要時間久了，妳就可以跟老鼠做朋友，但是我絕對不可能跟蟑螂做朋友。」

有時候，貝琪不敢在莎拉明亮而溫暖的房間裡待太久，可能只留幾分鐘就要走了。這種時候她們只能簡短地說幾句話，貝琪會把食物藏進她的老舊口袋裡，在口袋之上覆蓋著她用布條綁在腰上的圍裙。莎拉發現她可以把小份量的可口食物送給貝琪之後，她又開發出了一個新的興趣。她在坐車或者散步出門時，會特別熱切地觀察商店的櫥窗。她第一次偶然帶回兩、三片小肉派時，發現在她拿出小肉派後，貝琪的雙眼閃耀著光芒。

「喔，小姐！」她含糊不清地說，「這是可以填飽肚子的好東西，這個最可以填飽肚子了。海綿蛋糕也是好東西，但是蛋糕會融化掉——小姐妳應該懂我的意思。這個則會**留在**妳的肚子裡面。」

「嗯，」莎拉遲疑地說，「如果肉派真的會一直留在肚子裡應該不是件好事。但是，至少我知道這些肉派可以讓妳覺得很開心。」

肉派的確讓她覺得很開心——還有小餐廳買來的牛肉三明治、肉卷和波隆那香腸也能讓她覺得開心。這些食物讓貝琪慢慢忘記她的飢餓與疲憊，連煤炭箱都好像不那麼沉重了。

不管煤炭箱有多沉，不管廚師的脾氣有多差，不管她必須扛起的工作有多繁雜，現在每天下午都有一段讓她期待不已的時間——莎拉小姐有可能會在這段時間出現在起居室。事實上，就算沒有肉派，光是能夠見到莎拉小姐就足以讓貝琪很開心了。她們有時間能和彼此說說話時，對話內容都是友善而愉悅的話語，讓貝琪銘記在心。如果這段時間再長一點，莎拉就會告訴她一小段故事或是其他有趣的事情，貝琪會記住這些故事，等晚上躺在閣樓的床上時反覆回想。莎拉是天生的給予者，她沒有意識到自己喜歡給予勝過於喜歡其他任何事物，沒有意識到她對可憐的貝琪來說代表了什麼，也不知道自己是多麼了不起的給予者。如果你是天生的給予者，你的手心會是朝外的，你的心也會是開放的。雖然有時候你的手會是空的，但你的心會一直是滿的，你無時無刻都能給予他人溫暖、和藹與溫柔，提供他人幫助、安慰和笑容，有時候你還可以給予他人歡樂，你會知道親切的笑聲就是最好的幫助。

在貝琪過去總是受人使喚的悲慘人生中，她一直不太清楚什麼是歡笑。是莎拉讓她笑出聲來，並陪著她一起歡笑。她們兩人都還不知道，其實笑容和肉派很像，笑容能「填飽心靈」。

在莎拉十一歲生日的前幾個星期，她收到了父親寄來的一封信，信件的內容不再像過去一樣充滿孩子氣的興致高昂。他的狀態似乎不太好，顯然鑽石礦的事務讓他壓力過大。

「親愛的莎拉，」他寫道，「妳的爸爸並不適合當生意人，數字和文件讓他感到煩憂。他無法真正理解這些數字和文件，這些事務簡直多不勝數。如果不是因為發燒的話，或許我就不會每晚有一半的時間在床上輾轉反側，另一半的時間不斷夢到令人煩惱的夢境了。如果我親愛的小小姐在這裡的話，她想必會給我一些嚴肅的良好建議。妳說是不是呢，我親愛的小小姐？」

稱呼莎拉為「親愛的小小姐」是他常開的玩笑之一，這個綽號的由來是因為莎拉的態度總是過於老成。

他為莎拉的生日做了絕佳的準備，除了各式各樣的禮物之外，他還從巴黎訂製了一個新的洋娃娃，以及華麗而完美到令人驚嘆的洋娃娃衣物。他在信件中詢問莎拉是否能夠接受這個洋娃娃當禮物，莎拉的回信依舊十分成熟。

「我會活到很老，」她寫道，「但不可能活到應該擁有另一個洋娃娃的歲數。你送的這個洋娃娃將會是我的最後一個洋娃娃了。這是一件很嚴肅的事情。如果我會寫詩的話，寫一首和『最後的洋娃娃』有關的詩是個好主意，但我不會寫詩。我曾試過，但成果令我忍俊不住。我寫出來的詩和華茲、柯勒律治或莎士比亞的詩毫無相似之處。沒有人能取代艾蜜莉的地位，但我也會好好重視我的最後一個洋娃娃，而且我很確定學校的學生們都會喜歡她。她們都很喜歡洋娃娃，年長的學生——也就是將近十五歲的那些學生——其實也很喜歡洋娃娃，但她們總會假裝自己已經成熟到不喜歡洋娃娃了。」

克魯上校在印度的平房中展信時，正感到頭痛欲裂。他面前的桌上疊滿了一纍纍紙張和信件，這些紙張讓他憂心忡忡，但他在閱讀莎拉的信件時，展露了這幾個星期以來的第一個笑顏。

「噢，」他說，「她每多長一歲就又變得更有趣一點。真希望老天能把這些商務文件處理好，讓我有空閒時間去找她。只要她能馬上用她瘦小的手臂環抱住我的脖子，我願意用任何事情來交換！任何事情都**可以！**」

莎拉的生日將會是一場盛大的慶典。她們會重新裝飾教室，在那裡舉辦一場宴會。拆禮物的過程會是一場典禮，敏欽小姐的接待室中會擺上豐盛的饗宴。生日當天，整棟房子裡的人都興奮得不得了。整個早上有太多準備要做了，幾乎沒有人知道自己是怎麼度過的。教室裡掛上了冬青花環，學生的桌子被搬了出去，一張張蓋上紅布的椅子沿著牆圍繞了教室一圈。

那天早上莎拉走進起居室時，她注意桌上有一個被咖啡色紙張包起來的破舊小包裹。她知道那是禮物，也大概猜得到是誰送給她的。她小心翼翼地拆開包裹。裡面是用紅色的陳舊法蘭絨縫製而成的方形針墊，上面用黑色的珠針仔細地拼出了「天天快樂」這四個字。

「噢！」莎拉覺得心中充滿了溫暖的感覺，她驚呼道，「她為此花費多少心力呀！我好喜歡這個禮物，我、我覺得好心疼。」

但下一刻，她又陷入了疑惑之中。她發現針墊後面繫著一張卡片，上面用整齊的字體寫著「愛米莉亞・敏欽小姐」。

莎拉把針墊翻來覆去。

「愛米莉亞小姐！」她自言自語道，「怎麼**可能**呢！」

就在這時候，她聽到房門被小心推開的聲音，貝琪正從門縫向內偷看。

貝琪的臉上掛著一抹親暱而愉悅的微笑，她笨拙地走進來之後，緊張地扭著手指。

「莎拉小姐，妳喜歡這個禮物嗎？」她說，「妳喜歡嗎？」

「豈止喜歡！」莎拉喊道，「親愛的貝琪，這可是妳自己做的禮物呢。」

貝琪既緊張又開心地吸了吸鼻子，眼中閃爍著欣喜的淚光。

「這個禮物不算什麼，只是法蘭絨而已，而且這塊法蘭絨也不新。但是我想要給妳一個禮物，所以我就花了幾個晚上做了這個。我知道妳可以假裝這是個上面插滿鑽石珠針的綢緞針墊。**我自己**在準備禮物的時候就是這麼想的。至於那張卡片，」貝琪遲疑地道，「小姐，我從垃圾桶把這張卡片撿起來應該沒關係吧，對嗎？這是愛米莉亞小姐丟掉的卡片。我自己沒有卡片，但我知道沒有卡片的禮物不能算是真正的禮物——所以我就把愛米莉亞小姐的卡片別上去了。」

莎拉向她飛奔過去，伸手抱住她。她沒辦法解釋為什麼她會有一種哽咽的感覺。

「喔，貝琪！」她發出了小而奇異的笑聲，接著喊道，「貝琪，我愛妳——我真的、真的愛妳！」

「喔，小姐！」貝琪倒抽了一口氣，「謝謝妳，小姐，妳真好心。這個禮物沒有那麼好。法蘭、法蘭絨甚至不是新的呢。」

第七章　又見鑽石礦

莎拉在下午走進掛著冬青花環的教室時，後面跟著一排隊伍。敏欽小姐挽著莎拉的手，身穿她最華麗的一件絲綢禮服。她們兩人後面是一位男傭，手上拿著裝有最後一個洋娃娃的盒子，男傭後面是一位女傭，她拿著第二個盒子，而貝琪排在隊伍的最尾端，拿著第三個盒子，穿戴著乾淨的圍裙和新帽子。莎拉其實想要以很平常的方式走進教室，但是敏欽小姐在這之前曾去找過她。她們在她的私人起居室進行了簡短的談話，敏欽小姐表達了她的訴求。

「妳的生日不是什麼平凡的儀式，」她說，「我不希望妳用這種心態看待它。」所以莎拉只好用這種盛大的方式走進教室，她害羞地踏進教室之後，比較年長的女孩都盯著莎拉看，並互用手肘推了推對方，而年幼的學生則開始在座位上開心地躁動。

「各位年輕的小姐，安靜！」敏欽小姐溫和地揚聲道，「詹姆斯，把盒子放在桌上，然後把蓋子拿起來。愛瑪，把妳手上的盒子放在椅子上。貝琪！」她的聲音突然變得嚴厲起來。

貝琪因為太過興奮而有點忘我，正對著因歡欣期待而不停扭動的蘿蒂微笑。敏欽小姐不滿的喊聲嚇了她一跳，她差點就把箱子弄掉了，接著又為了道歉驚恐地行了一個滑稽的屈膝禮，讓一旁的拉維妮亞和潔西偷偷笑了起來。

「妳不應該偷看這些年輕的小姐，」敏欽小姐說，「妳忘記妳的身分了，把妳手上的盒子放好。」

貝琪驚恐地匆匆忙忙放好盒子，接著遲疑不決地走向門口。

「你們下去吧。」敏欽小姐揮了揮手對僕人們說。

貝琪恭敬地往旁邊跨了幾步，好讓位階較高的僕人能先走出去。她忍不住抬眼深深望向桌上的盒子，盒子中成堆的棉紙裡面露出了一小截藍色綢緞。

「敏欽小姐，如果方便的話，」莎拉突然說，「可以讓貝琪留下來嗎？」

這個要求非常冒失，敏欽小姐嚇得差點跳了起來。她戴上眼鏡，煩躁地盯著她的得意門生。

「貝琪！」她高聲道，「我親愛的莎拉呀！」

莎拉向她走近了一步。

「我希望她能留下來是因為，我知道她也想要看看這些禮物，」她解釋道，「如您所知，她也是個小女孩。」

敏欽小姐對此感到十分震驚。她看了看莎拉，又看了看其他人。

「我親愛的莎拉，」她說，「貝琪是廚房女傭。廚房女傭——呃——不是小女孩。」

敏欽小姐從來沒有以莎拉所說的這種角度想過這些事。對她而言，廚房女傭就只是搬運煤炭桶和生火的工具而已。

「但貝琪是小女孩呀。」莎拉說，「而且我知道如果能讓她留下來的話，她會很開心。請妳讓她留下來——就當作是為了我的生日。」

敏欽小姐恢復莊重的態度回答道：「既然妳都說了是為了妳的生日——那就讓她留下來吧。貝琪，快感謝莎拉小姐的慷慨之舉。」

貝琪這時正站在牆角，開心又憂慮地不斷搓揉自己圍裙的縫線。她走上前來，行了屈膝禮，並在與莎拉對上眼的時候交換了友善而理解的眼神，接著她如連珠炮般地開始道謝。

「噢，小姐，感謝妳的准許！小姐，我真是太感謝妳了！小姐，我真的很想看洋娃娃，真的很想！女士，也謝謝妳，」她轉過身，謹慎地對敏欽小姐行了屈膝禮，「謝謝妳特別准許我留下。」

敏欽小姐再次揮揮手——這次揮手的方向換成了門邊的一個角落。

「去站在那邊吧，」她命令道，「不要太靠近小姐們。」

貝琪微笑著走到她該站的地方。她有幸能待在房間裡看著這些讓人開心的事進行，而非回到樓下的儲藏室做事，所以她一點也不在意敏欽小姐要她站在哪裡。甚至連敏欽小姐預示性地清了清喉嚨開口說話，她都毫不在意。

「好了，各位年輕的小姐，我要跟妳們說幾句話。」她宣布。

「她要開始演講了，」一名女孩竊竊私語道，「我真恨不得演講可以馬上結束。」

莎拉覺得不太舒服。既然敏欽小姐在她的派對上發表演講，那麼內容大概也跟她有關。站在教室裡聽著一場關於自己的演講不是個讓人愉快的體驗。

「各位年輕的小姐，妳們應該知道，」演講果然如預期般地開始了，「今天是親愛的莎拉十一歲的生日。」

「**親愛的**莎拉！」拉維妮亞小聲地學舌。

「妳們之中也有好幾個人已經十一歲了，但是莎拉的生日跟其他小女孩的生日是不一樣的。她長大之後會繼承一筆巨大的財富，她有責任要完善地利用這筆財富。」

「鑽石礦。」潔西低聲笑道。

莎拉沒有聽到潔西說的話。她站在一旁，用灰綠色的眼睛牢牢地盯著敏欽小姐，覺得自己的臉變得越來越熱。在敏欽小姐提到錢的時候，她覺得自己很痛恨敏欽小姐——但想當然耳，對成人抱持著仇恨是很失禮的行為。

「她親愛的爸爸克魯上校把她從印度帶來給我照顧時，」演講還在繼續進行，「他曾開玩笑地跟我說：『敏欽小姐，我想她將會變得非常有錢。』而我則回覆他說：『克魯上校，她在我的學校所接受的教育絕對配得上最鉅額的財產。』莎拉現在成了我們學校裡最高雅的學生，她的禮儀完美——因此妳們稱她為莎拉公主。她藉由下午舉辦的這場宴會表達她對妳們的親切之情，我希望妳們能好好表達妳們的感謝，一起大聲說『莎拉，謝謝妳！』」

教室裡的所有學生都站了起來，讓莎拉對這天早晨印象深刻。

「莎拉，謝謝妳！」眾人道，而蘿蒂則在一旁跳上跳下。莎拉神色害羞，片刻後她行了一個屈膝禮——姿勢十分漂亮。

「也謝謝妳們來參加這場宴會。」她說。

「莎拉，妳做得很好，」敏欽小姐稱讚道，「真正的公主在百姓向她喝采時就是這麼做的。」接著她聲調轉為嚴厲地道，「拉維妮亞，妳剛剛發出來的聲音非常像在用鼻子噴氣。就算妳忌妒妳的同學，我也要請妳用更淑女的方式來表達妳的不滿。好了，妳們現在可以開始享受宴會了。」

她才剛踏出房門，學生們被她施加的咒語就解除了。門都還沒闔上，所有的椅子就已經空了。年幼的女孩不是跳下椅子就是跌下來，年長的女孩則一秒都不浪費地迅速拋棄自己的椅子。學生們全都跑到了盒子旁邊，莎拉面帶笑容地俯身去開其中一個盒子。

「我知道這個盒子裡面裝的是書。」她說。

年幼的小孩們馬上議論紛紛了起來，語調十分憐憫，艾曼加德則一臉驚恐。

「妳爸爸送妳的生日禮物是書？」她高聲說，「天啊，他跟我爸爸一樣壞心呢。莎拉，不要翻開這些書。」

「我喜歡書啊。」莎拉笑著說，接著她走向最大的盒子。她拿出最後一個洋娃娃時，孩子們都因為洋娃娃的華麗而發出了愉悅的驚嘆，她們紛紛倒退一步，欣喜若狂地緊盯著洋娃娃。

「她幾乎跟蘿蒂一樣大呢。」有人嘆息道。

蘿蒂笑著一邊拍手一邊蹦蹦跳跳。

「她的衣服看起來像是要去劇院，」拉維妮亞說，「斗篷上還有貂皮呢。」

「噢，」艾曼加德猛然向前踏了一步，驚呼道，「她還拿著劇院的小望遠鏡——

上面有藍色和金色的花紋！」

「這是她的行李箱，」莎拉說，「我們來打開箱子，看看她帶了什麼東西。」

她坐在地板上，用鑰匙打開皮箱。孩子們吵吵鬧鬧地圍繞著她，她拿出裡面一箱箱的匣子，一一打開。這間教室從沒有這麼吵雜過。匣子裡面有蕾絲領子、絲質長襪和手帕；有一個珠寶盒，裡面裝著項鍊和鑽石后冠，上面的鑽石幾乎就像是真的一樣；還有一件長長的海豹皮衣和手筒，跟舞會專用的洋裝、散步專用的洋裝和出訪專用的洋裝；有帽子、居家禮服和扇子。就連拉維妮亞和潔西都忘記自己已經大到不應該喜歡洋娃娃了，她們發出開心的驚嘆，一一把這些東西拿在手上欣賞。

「我要想像，」莎拉站在桌子旁邊，把一頂黑色的蕾絲大帽子戴在擁有這些華麗衣物的洋娃娃身上，洋娃娃的臉上帶著冷淡的笑容，莎拉繼續道，「想像她能理解人類說的話，並且因為受到羨慕而感到驕傲。」

「妳總是在想像這些東西。」拉維妮亞高傲地說。

「我知道呀，」莎拉平靜地回答，「我喜歡想像。沒有什麼事情比想像更棒的了。想像能讓人覺得自己像是仙女。如果妳夠認真地想像某件事的話，那麼那件事就會像是真的。」

「妳什麼都有，想像對妳來說當然很棒啊。」拉維妮亞說，「但要是妳變成了一個住在閣樓上的乞丐，妳還有辦法想像跟假裝嗎？」

莎拉停下她調整最後一個洋娃娃的鴕鳥羽毛的動作，露出深思熟慮的表情。

「我**相信**我可以，」她說，「成為乞丐可能要無時無刻都在想像跟假裝，這不是一件簡單的事。」

她在往後的日子裡時常覺得這一刻令人感到非常不可思議，在她講完話之後——就在那一刻——愛米莉亞小姐推開了教室的門。

「莎拉，」她說，「妳爸爸的律師巴羅先生打電話來，說要來見敏欽小姐。她必須單獨跟他會面，但是她的接待室裡擺滿了茶點，所以妳們最好現在就去接待室享受妳們的食物，如此一來，我姊姊就可以在這間教室裡和律師會面了。」

茶點在任何時候都是最受人歡迎的東西，學生們的眼睛馬上亮了起來。愛米莉亞小姐讓學生們依序排好隊，接著便和莎拉一起領著隊伍離開了。教室中的最後一個洋娃娃被遺留在椅子上，衣物四散各處，洋裝和大衣被掛在椅背上，一件件綴有蕾絲的襯裙則堆在椅子上。

貝琪是不能去吃茶點的，她想都沒想便決定再逗留一陣子，欣賞一下這些漂亮的衣服——這是一個十分不明智的決定。

愛米莉亞小姐剛剛跟她說過：「貝琪，回去工作。」但她還是留在教室裡面。她敬畏地撿起了手筒，接著又撿起了大衣，在她羨慕地欣賞著手上的衣物時，她聽到了敏欽小姐走到門外的聲音。她在瞬間感到驚恐萬分，覺得自己會因為自作主張留下來而被指責，所以她倉促地閃身躲到鋪有桌巾的桌子下面，藏了起來。

敏欽小姐走進了教室，隨著她一起進來的男子五官深刻，身材瘦小，神色看起來十分煩躁。敏欽小姐的表情也一樣煩躁，她用惱怒而困惑的表情看了瘦小的男子一眼。

她姿勢嚴謹地坐了下來，並比了個手勢請他入座。

「巴羅先生，你請坐。」她說。

巴羅先生並沒有入座。他的注意力都放在最後一個洋娃娃和周圍的衣物上。他推了推眼鏡，用緊張且不贊同的眼神看著這些東西。而最後一個洋娃娃似乎絲毫不在意他的視線。她只是筆挺地坐著，漠然地回視他。

「一百鎊，」巴羅先生單刀直入地批評道，「這些昂貴的東西都是在巴黎的女裁縫店訂做的，那個年輕人可真是會浪費錢啊。」

敏欽小姐覺得自己備受冒犯，他說的這些話簡直就是在貶低她最好的資助者，非常失禮。

就算是律師也不應該如此失禮。

「巴羅先生，請你原諒我，我不懂你的意思。」她僵硬地說。

「生日禮物，」巴羅先生繼續用批評地態度說，「這不過是給十一歲的小孩的禮物！要我說的話，他簡直奢侈得像個神經病。」

敏欽小姐將自己的背脊挺得更直、更僵硬。

「克魯上校是個有錢人，」她說，「光是那座鑽石礦——」

巴羅先生猛然轉身面向她，高聲道：「鑽石礦！根本沒有這種東西！從來沒有！」

敏欽小姐立刻站了起來。

「什麼！」她喊道，「你這麼說是什麼意思？」

「不管怎麼說，」巴羅先生急躁地說，「一開始就沒有鑽石礦出現過還比較好。」

「沒有鑽石礦？」敏欽小姐驚呼失聲。她抓住椅背，覺得一場輝煌燦爛的夢正在逐漸消逝。

「鑽石礦通常只能讓人破產，而非致富，」巴羅先生說，「當一個人被他親愛的朋友掌握在手中，而他又不是個生意人時，他就應該要避免接觸他朋友要他投資的鑽石礦，或者金礦，或者其他任何一種礦。已故的克魯上校——」

敏欽小姐倒抽了一口氣並打斷了他的話。

「**已故的**克魯上校！」她高喊道，「**已故的**！你不可以就這樣跑來告訴我克魯上校已經——」

「他已經死了，女士。」巴羅先生粗暴無禮地回答，「致死的原因是叢林熱病加上生意上的問題。如果他沒有因為生意上的問題而苦惱不已的話，叢林熱病或許不會殺死他，如果他沒有染上叢林熱病的話，生意上的問題或許也沒辦法讓他步入死亡。克魯上校死了！」

敏欽小姐跌坐到椅子上，他剛剛說的話讓她警覺了起來。

「他生意上遇到**什麼**問題？」她說，「是**什麼**問題？」

「鑽石礦呀，」巴羅先生回答，「還有他親愛的朋友——以及破產呀。」

敏欽小姐幾乎喘不過氣來。

「破產！」她高聲驚呼。

「一分錢也不剩。那個年輕人太有錢啦，他親愛的朋友對鑽石礦抱持著極度狂熱，他把自己所有的錢都投進去了，克魯上校也一樣。後來那位親愛的朋友跑掉了——克魯上校聽到消息的時候正飽受高燒的折磨。他大受打擊，死前還一直在囈語，一直喊著他的小女兒——他一分錢也沒留下來。」

敏欽小姐現在才聽懂到底發生了什麼事。她這一輩子從來沒有受過這麼大的打擊，她最引以為傲的學生和資助者都在這場打擊中消失了。她覺得自己好像被嚴重的侮辱與敲詐了，而罪魁禍首就是克魯上校、莎拉以及巴羅先生。

「你現在是要告訴我，」她大喊，「他**什麼**都沒有留下嗎！莎拉也沒有錢！那個孩子現在是個乞丐！被留在我這裡的不是個有錢的繼承人，而是個小窮鬼！」

巴羅先生是個精明的生意人，他認為自己應該要馬上闡明他不須對這件事負上任何責任。

「她現在的確是個乞丐了，」他回答，「女士，她也的確是被留在妳這裡了——畢竟就我們所知，她在這個世界上已經沒有任何親人了。」

敏欽小姐突然從椅子上跳向門口，好像想要打開門，衝出教室，直奔她的接待室，馬上終止那場充滿了茶點、歡笑與吵鬧聲的宴會。

「簡直荒謬至極！」她說，「她現在就穿著絲絹洋裝和蕾絲襯裙，在我的起居室裡用我的錢辦派對。」

「女士，如果她是在辦派對的話，那麼她的確是在用妳的錢，」巴羅先生說，「巴羅與史基沃斯律師事務所不需負責她的開銷。我從來沒遇過比他破產得更嚴重的人了，克魯上校死時連**我們的**最後一筆帳單都沒付呢——那可是很大的一筆費用。」

敏欽小姐回過身來，態度變得更加憤慨。她就算是用盡畢生的想像力也想像不出這麼糟糕的狀況。

「我竟然會遇到這種事！」她高聲道，「我一直認為他一定會付款，所以我幫那孩子付了各種荒謬的帳單。我付了那個荒謬的娃娃的錢，也付了那些荒謬的華麗衣物的錢。那孩子要什麼就有什麼，她有一輛馬車、一匹小馬和一個女傭，自從上次的支票寄來之後，這些東西都是我在付錢。」

巴羅先生顯然無意留在這裡繼續聽敏欽小姐的牢騷，他已經清楚表達了事務所的立場，也轉述了克魯上校的遭遇。他對這位憤怒的寄宿學校負責人毫無同情之感。

「女士，妳最好別再為她付錢了，」他說，「除非妳想要免費送那位小姐禮物。但也沒人會記得妳，她現在一毛錢都不值了。」

「那我要怎麼辦呢？」敏欽小姐質問道，好像覺得他應該負責讓一切回到正軌似的，「我要怎麼辦？」

「沒怎麼辦。」巴羅先生摘下眼鏡摺疊好，放回他的口袋裡，「克魯上校死了，他的孩子變成了乞丐，負責照顧她的不是別人，就是妳。」

「我不應該負責照顧她，我拒絕承擔這個責任！」

敏欽小姐憤怒得臉色發白。

巴羅先生轉身向外走去。

「女士，這都與我無關，」他漠不關心地說，「也與巴羅與史基沃斯律師事務所無關。當然，我對此感到很遺憾。」

「你以為你可以把她硬塞給我嗎？大錯特錯。」敏欽小姐喘著氣說，「我被詐欺、被騙了錢，我要把她丟到街上去！」

如果她現在沒有那麼憤怒的話，她想必會為她所說的話感到羞恥。但她發現自己必須負責照顧一個從小就被奢侈地養大，而且她一直很怨恨的孩子，因此她失控了。

巴羅先生事不關己地繼續往門口走去。

「女士，要是我的話就不會這麼做，」他評論道，「這做法太難看了，之後會傳出跟學校有關的難聽傳聞。身無分文的學生被趕出校門，而且一個朋友也沒有。」

他是個聰明的生意人，他知道自己在說什麼。他知道敏欽小姐也是個生意人，她很精明，能夠看清事實。她無法忍受自己做出這件事後，被別人說成一位鐵石心腸的冷酷女子。

「妳最好把她留下來，讓她幫妳做事，」他補充道，「她是個聰明的孩子，我相信等她長大之後妳可以好好利用她。」

「我會在她長大之前就好好利用她！」敏欽小姐厲聲道。

「女士，我相信妳的確會這麼做。」巴羅先生露出了一抹邪惡的笑容，「我相信妳會的。祝你有個美好的早晨！」

他在欠身鞠躬後走出門外，並把門關上。而敏欽小姐站在教室裡，花了好幾分鐘凝視著那扇門。他說的是事實，她知道那是事實。她沒有辦法補救這個狀況，她的得意門生現在一點價值也沒有了，只是個沒有朋友的小乞丐。她此前預付的錢財都付諸東流了，再也討不回來。

她覺得自己受到了傷害，幾乎喘不過氣來。這時她聽到了從她的起居室傳來的愉悅笑鬧聲，學生們正享受著宴會。至少她可以終止這場宴會。

她往門口走去的時候，愛米莉亞小姐正好打開了門。愛米莉亞小姐看到敏欽小姐憤怒的表情時，緊張地倒退了一步。

「姊姊，發生什麼事了？」愛米莉亞小姐立刻喊道。

敏欽小姐回答的聲音十分殘酷。

「莎拉．克魯在哪裡？」

愛米莉亞困惑不已。

「莎拉！」她結結巴巴地說，「怎麼了，她當然是跟那些小孩一起待在妳的房間呀。」

「她那些奢華的衣服之中有黑色的洋裝嗎？」敏欽小姐的語調尖刻而諷刺。

「黑色的洋裝？」愛米莉亞小姐再次結巴著說，「**黑色**的？」

「我知道她有黑色之外每種顏色的洋裝，那她有黑色的嗎？」

愛米莉亞小姐的臉色逐漸變得蒼白。

「不——有、有的！」她說，「但是那件洋裝對她來說太短了。她只有一件黑色的天鵝絨洋裝，但她已經長得太高，沒辦法穿了。」

「去叫她把身上那件可笑的絲絹洋裝脫了，換上黑色的那件，就算太短也一樣要換。她不用再穿那些華麗的衣服了！」

愛米莉亞小姐扭著她肥胖的雙手，開始哭了起來。

「噢，姊姊！」她吸了吸鼻子，「噢，姊姊！**到底**發生什麼事了？」

敏欽小姐開門見山地回答了她。

「克魯上校死了，」她說，「他死後連一分錢也沒留下來。那個被寵壞了的奇怪小孩現在是乞丐了，以後我要負責照顧她。」

愛米莉亞小姐重重地跌坐在最靠近的一張椅子上。

「我為她花費了好幾百鎊在亂七八糟的東西上，但我連一分錢也不可能拿回來了。妳去把她那場荒謬的宴會停下來，叫她馬上換好她的衣服。」

「我嗎？」愛米莉亞小姐喘著氣說，「一、一定要現在去跟她說嗎？」

「現在就去！」敏欽小姐殘酷地說，「別像個呆頭鵝一樣坐在那裡發呆，快去啊！」

可憐的愛米莉亞小姐早已經習慣被稱作呆頭鵝了。她知道自己其實就是個呆頭鵝，而呆頭鵝總是會被命令去做很多令人感到不愉快的事。她現在要去一間滿是開心小孩的房間裡，告訴這場宴會的主人她突然變成了一個小乞丐了，因此必須要立刻上樓去換上對她來說太小件的黑色舊洋裝。這讓愛米莉亞小姐覺得很尷尬，但這件事必定要有人去做，而且現在顯然不適合提出任何質疑。

她用手帕擦了擦眼睛，直到雙眼通紅。之後她站起身來離開教室，沒有膽量開口多說一個字。碰到她的姊姊用這種表情和口氣說話時，最好的應對方式就是無條件地服從她的命令。敏欽小姐在教室中來回走動，她不自覺地大聲自言自語。她在去年聽到鑽石礦的故事之後，覺得這項投資充滿了無限可能。她認為只要有了鑽石礦的負責人資助，就算是學校負責人也是有可能賺大錢的。但現在非但沒有她所期望的財富，她還必須負擔大筆損失。

「還莎拉公主呢！那孩子根本被寵得像女王一樣了。」她一邊說一邊走到一張角落的桌子旁，接著便嚇了一跳。她聽到桌巾下傳出了一聲響亮的啜泣聲。

「什麼東西！」她生氣地喊道。接著她又聽到了一聲響亮的啜泣聲，於是她彎下腰掀起了垂墜在桌旁的桌巾。

「妳**好大的膽子**啊！」她高聲道，「妳好大的膽子！立刻給我出來！」

可憐的貝琪爬了出來，她的帽子歪了，臉也因為壓抑著哭聲而顯得通紅。

「對不起，女士——是我，女士，」她解釋道，「我知道我不該這麼做。我只是在看洋娃娃啊，女士——妳進來的時候我嚇了一跳——所以就躲進桌子下了。」

「妳一直在那裡偷聽我們講話。」敏欽小姐說。

「女士，不是的，」貝琪行了一個屈膝禮，抗議道，「不是偷聽——我本來想說可以趁妳不注意時偷溜出去，但是我沒找到機會，只好留下來。但我沒有偷聽——我不會偷聽的。我是不小心聽到的。」

這時，她好像突然不再害怕眼前這位可怕的女士了，她再次哭了起來。

「噢，女士，拜託，」她說，「女士，妳一定會因此而責罵我，但我還是要說——我替可憐的莎拉小姐感到遺憾——我覺得很遺憾！」

「出去！」敏欽小姐命令道。

貝琪淚流滿面，她又行了一個屈膝禮。

「好的，女士，我馬上出去，女士。」她顫抖著說，「但是，噢，我只是想問問妳：莎拉小姐——她以前是個這麼有錢的女孩，什麼事都有人幫忙服侍，女士，她現在沒有了女傭該怎麼辦呢？如、如果，噢，拜託妳，可以讓我在清理完我那些鍋子和水壺之後去服侍她嗎？我會很快把這些事做完的——希望妳能讓我去服侍現在變窮了的莎拉小姐。噢，」她再次失聲痛哭起來，「可憐的莎拉小姐，女士——她曾被稱作公主呢。」

這段發言讓敏欽小姐感到前所未有的憤怒。現在連廚房女傭都自願站到莎拉那邊了，這實在太過分了，她現在突然意識到自己根本從未喜歡過莎拉。她氣得跺腳。

「我不同意——絕對不同意，」她說，「她會服侍她自己，同時還要服侍其他人。立刻出去，否則妳也不用繼續在這裡工作了。」

貝琪用圍裙摀住臉龐，飛也似地跑出教室。她回到樓下的儲藏室後，坐在她的鍋子和水壺之間哭了起來，彷彿她的心碎了似的。

「這跟故事裡說的一模一樣，」她哭喊著，「可憐的公主被趕出王宮了。」敏欽小姐的態度變得前所未有的冷酷，直到幾個小時之後莎拉因為敏欽小姐的話而來找她時也一樣。

雖然才過了幾個小時，但莎拉覺得那場生日宴會就像是一場夢，或者好幾年前發生的事，那場宴會似乎屬於與她毫無關係的另一位女孩。

所有與宴會相關的物品都被清掉了，教室牆上的冬青被摘了下來，桌椅都被擺回原樣。敏欽小姐的起居室也回復了以往的樣子——所有宴會的痕跡都被抹除了，敏欽小姐也換回了她的日常裝扮。學生們被下令換下宴會的洋裝，換好衣服後，她們回到教室，三五成群地聚在一起，興奮地互相悄聲說話。

「叫莎拉到我這裡來，」敏欽小姐告訴她的妹妹，「跟她解釋清楚，我不接受她來了之後，又出現哭哭啼啼或是任何會讓我不高興的狀況。」

「姊姊，」愛米莉亞小姐回答，「她是我遇過最奇怪的小孩了，她剛剛一句話都沒說。妳記得之前克魯上校回去印度時她毫無反應的狀況吧？我剛剛告訴她發生了什麼事時，她只是靜靜地站著，一語不發地看著我。她的眼睛越來越大，臉色越來越蒼白。我講完話後，她又繼續盯著我看了幾秒，然後她的下唇開始顫抖，接著她就跑出教室，上樓了。我講到一半的時候，有幾個小孩子哭了，但是她似乎根本沒聽到哭聲，好像只聽得到我說的話。我覺得她不回答我是很奇怪的事，一般而言，妳在向別人轉述意外或者怪事時，妳都會期待對方會說些**什麼**——不管說什麼都好。」

莎拉跑上樓之後鎖上房門，只有她自己有可能知道之後房裡發生了什麼事。但事實上，連她自己都幾乎不確定自己做了什麼，她只記得自己不斷來回走動，用幾乎不像自己的聲音一遍又一遍地自言自語道：「我爸爸死了！我爸爸死了！」

她在途中曾停下腳步，停在艾蜜莉面前。艾蜜莉坐在她的椅子上看著她，莎拉瘋狂地尖叫：「艾蜜莉！妳聽到了嗎？妳聽到了嗎——爸爸死了！他死在印度——死在離這裡上千英里遠的地方。」

她應敏欽小姐的要求來到敏欽小姐的起居室時，臉色慘白，眼周青黑。她的嘴唇緊閉，似乎不想要透露任何她所承受過以及正在承受的苦痛。她過去曾在掛滿飾品的教室裡像蝴蝶一樣，從她喜歡的這個孩子身邊，翩翩起舞到她喜歡的另一個孩子身邊，然而現在任誰也看不出來她曾是那個玫瑰色的孩子。她看起來像是被拋棄的小孩，樣子古怪又陌生。

她在沒有瑪麗葉幫忙的狀況下，自行穿上了幾乎被遺忘的黑色法蘭絨洋裝。這件洋裝太短又太緊了，過短的裙子讓她纖細的腿看起來更加瘦長。她找不到可以用來綁頭髮的黑色緞帶，濃密的黑色短髮垂墜在臉頰旁，把她的臉色襯托得更加蒼白。艾蜜莉身上綁了一條黑布，被她單手緊緊抱在懷中。

「把妳的洋娃娃放回去，」敏欽小姐說，「妳把洋娃娃帶來這裡是什麼意思？」

「不要，」莎拉回答，「我不要把她放回去。我只剩下她了，是我爸爸把她送給我的。」

她常常讓敏欽小姐暗自覺得不高興，譬如現在就是。她說話的語氣沉穩而冷靜，毫無粗魯之處，這反而讓敏欽小姐覺得她更難以應付——或許是因為敏欽小姐知道自己現在做的事既殘酷又野蠻吧。

「妳以後不會再有時間玩洋娃娃了，」她說，「妳以後要開始工作，要努力讓自己更好、更有用。」

莎拉一語不發地用奇異的大眼睛凝視著她。

「從現在開始，一切都不一樣了，」敏欽小姐繼續說道，「我想愛米莉亞小姐已經跟妳解釋過了。」

「是的，」莎拉回答，「我爸爸死了，他沒有留下任何財產。我現在很窮。」

「妳現在是個乞丐。」敏欽小姐回憶起今天發生的事，再次變得越來越氣憤，「顯然妳現在沒有親戚、沒有家，也沒有人能照顧妳了。」

莎拉蒼白的小臉顫抖了一下，但她依舊一句話也沒有說。

「妳在看什麼？」敏欽小姐尖刻地質問，「妳是笨到沒辦法理解我說的話嗎？我告訴妳，妳現在是孤兒了，再也沒有人會為妳做任何事，除非我願意好心地把妳留在這裡。」

「我知道。」莎拉低聲回答，接著又發出了像是壓抑住哽咽一樣的聲音道，「我知道。」

「那個洋娃娃，」敏欽小姐抬手指著一旁華美的生日禮物，高聲說，「那個荒謬的洋娃娃，還有她那些愚蠢的、鋪張浪費的衣物——全部都是我付的錢！」

莎拉轉頭看向敏欽小姐所指的那張椅子。

「最後一個洋娃娃，」她說，「最後一個洋娃娃。」她低微而淒涼的聲音聽起來十分古怪。

「沒錯，最後一個洋娃娃！」敏欽小姐說，「她不是妳的，而是我的了。妳所擁有的一切現在都是我的了。」

「那麼，請妳把我的一切都拿走吧，」莎拉說，「我不想要了。」

如果莎拉現在又哭又鬧，流露出驚嚇的神色的話，或許敏欽小姐會對她心生憐憫。敏欽小姐是喜歡把一切掌握在手中並享受權力感的那種人，莎拉堅定不移的蒼白小臉和依舊自傲的聲音讓她覺得自己好像被輕視了。

「不要擺出傲慢的臉色給我看，」她說，「妳現在已經沒有傲慢的權利了。妳已經不是公主了，妳的馬車和小馬都會被賣掉——妳的女傭也會被遣走。妳只能穿上妳最舊、最樸素的衣服——那些華麗的衣服跟妳現在的狀況不配。妳就像貝琪一樣——妳必須開始為了生存而工作。」

令她驚訝的是，眼前的孩子眼中竟然突然閃爍出一線微光——她似乎鬆了一口氣。

「我可以工作嗎？」她說，「如果我可以工作的話，這些就不那麼重要了。我要做什麼？」

「妳要做所有別人要妳做的事，」敏欽小姐回答，「妳是個機靈的小孩，學習也很快。如果妳能好好貢獻的話，我就可以讓妳留在這裡。妳的法文說得很好，妳可以去幫助那些年紀小的孩子。」

「可以嗎？」莎拉高聲道，「噢，請務必讓我幫忙！我知道怎麼教她們，我很喜歡她們，她們也很喜歡我。」

「不要胡說別人喜歡妳這種話，」敏欽小姐說，「妳要做的遠不只教導年紀小的孩子。妳要幫忙跑腿，廚房和教室的工作也都要做完。如果妳讓我不高興了，妳就會被送走。記清楚這點。現在妳可以走了。」

莎拉站在那裡，又凝視了敏欽小姐幾秒。她年輕的靈魂正思考著一些奇異又深沉的事。接著她便打算轉身離開房間。

「站住！」敏欽小姐說，「妳不說聲謝謝嗎？」

莎拉停下腳步，那些奇異又深沉的思想脹滿了她的胸口。

「謝什麼？」她說。

「謝謝我對妳這麼慷慨，」敏欽小姐回答，「我慷慨地給了妳一個家。」

莎拉向她走近了兩、三步。她單薄的胸膛不斷起伏，說話的態度激烈而怪異，一點也不像個孩子。

「妳並不慷慨。」她說，「妳並不慷慨，這裡也不是家。」接著她在敏欽小姐阻止她之前就轉身跑出了房間，讓敏欽小姐只能怒不可遏地看著她的背影。

她喘著氣慢慢走上樓梯，把艾蜜莉緊緊地抱在懷中。

「真希望她會講話，」她喃喃自語著，「如果她能說話該有多好——如果她能說話該有多好！」

她本來想要回去她的房間，在老虎皮上躺下來，臉靠著那隻大貓的頭，看著壁爐裡的火光慢慢思考、思考，再思考。但就在她快到目的地的時候，她看到愛米莉亞小姐從她的房門中走出來，並關上門，接著一臉緊張又尷尬地站在門口。愛米莉亞小姐因為被受命所做的事而暗自感到丟臉。

「妳、妳不能進去。」她說。

「不能進去？」莎拉後退了一步。

「現在開始，這間房間不再是妳的房間了。」愛米莉亞小姐漲紅著臉回答。

莎拉馬上就懂了，她知道，這就是敏欽小姐所說的改變的第一步。

「那我的房間在哪裡？」她希望自己詢問的聲音沒有顫抖。

「妳的房間在閣樓，在貝琪隔壁。」

莎拉知道閣樓在哪裡，貝琪曾經告訴過她。她轉身往回走，又向上爬了兩層樓。最後一段樓梯十分窄小，上面覆蓋著幾條骯髒的老舊地毯。莎拉覺得自己正漸漸遠離過去的世界，曾經生活在過去的小女孩似乎根本就不是她。現在的她正走在通往閣樓的階梯上，穿著又短又窄的舊洋裝，跟過去的那個小女孩是截然不同的兩個人。

她打開了閣樓的門，同時心臟沉重地跳動了一下。她走進閣樓，關上門，站在門邊環顧四周。

沒錯，這是個截然不同的世界。房間的天花板是傾斜的屋頂，上面覆蓋著一層骯髒的白漆，充滿了掉漆的痕跡。房間裡有一座生鏽的壁爐、老舊的鐵製床架，還有蓋著褪色被單的木板床。有些舊到不能用的家具會從樓下被搬上來這裡。從屋頂上的天窗看出去，只能看到一塊長方形的沉灰色天空，天窗下擺著一張陳舊的紅色小凳子。莎拉走過去坐了下來。她很少哭，現在也沒有在哭。她把艾蜜莉放在膝蓋上，低下頭來，用她的手臂環繞住艾蜜莉。她把頭靠在黑色的布料上，一句話也沒說，一聲不響地坐著。

她沉靜地坐著，這時門口傳來低低的敲門聲——那道聲音實在太輕了，莎拉一開始並沒有聽到，直到門被小心翼翼地推開時她才發現。一張滿是淚水的臉出現在門口，正往內探視。來人是貝琪，她連續好幾個小時都在偷偷哭泣，並用她的廚房圍裙擦拭眼睛，讓她的臉都花了。

「噢，小姐，」她細聲細氣地說，「我可以——妳能准許我——我能進去嗎？」

莎拉抬起頭看向她。她試著勾起微笑，但卻沒有成功。從貝琪充滿愛與憂傷的淚眼中看來，莎拉的臉龐突然變得有點孩子氣，十分符合她現在的年齡，不再老成。她伸出手，她發出一聲細微的啜泣。

「噢，貝琪，」她說，「我說過，我們是一樣的——我們都一樣是小女孩——我們都一樣是小女孩。妳現在知道這句話有多真實了。現在我們都是一樣的了，我再也不是公主了。」

貝琪跑到莎拉身邊，抓起她的手放在胸口，接著她跪了下來，因為愛與痛苦而開始哭泣。

「不是的，小姐，妳還是公主的，」她一邊哭泣一邊說話，顯得有點口齒不清，「不管妳遇到了什麼事——不管怎麼樣——妳都一樣是個公主——沒有任何事可以讓妳改變的。」

第八章　閣樓中

莎拉永遠不會忘記她在閣樓中度過的第一夜。她在那一夜承受了早熟的瘋狂悲痛，她永遠也不會和別人說起這件事。沒有人能理解這件事。她清醒地躺在床上，時常被迫分心去注意周圍的古怪聲響。這對她來說是件好事，她小小的身體不時讓她意識到一些周遭發生的事，這或許是好的，否則她年輕的思緒很可能會無法承受她心中巨大的痛苦。在那一晚，她幾乎不記得自己還擁有身體了，她只記得一件事。

「我爸爸死了！」她不斷悄聲對自己說，「我爸爸死了！」

她躺下不久後，便注意到身下的床板非常硬。她輾轉反側，想要找到能夠休息的姿勢，四周的黑暗比她過去看過的夜色都還要更加陰暗，風從屋頂呼嘯而過，煙囪中傳來陣陣類似於嚎哭的聲音。更糟糕的事還在後面，在牆壁和踢腳板裡面有東西在移動、抓搔和吱吱叫的聲音。她知道那是什麼，貝琪曾向她描述過這些聲音，那是老鼠在打架和玩鬧的聲音。她甚至有一、兩次聽到老鼠用小爪子迅速跑過地板的聲音。她在往後的日子裡一直記得，她第一次聽到老鼠跑過去的聲音時嚇得跳了起來，只能坐著床上發抖，等到她再次躺下後，她用被單蓋住自己的頭。

她的生活並不是一點點改變的，而是一次性的天翻地覆。

「她必須要開始改變，因為她必須繼續生活下去，」敏欽小姐對愛米莉亞小姐說，「她必須要馬上學會別人希望她做什麼。」

瑪麗葉第二天早上就離開了。莎拉在經過她的起居室時從開著的門往裡看，房間已經變得不一樣了。她的裝飾品與奢侈品統統被搬走了，角落出現了一張床，這間房間將會變成新生的臥室。

她下樓去吃早餐時，看到她原本在敏欽小姐旁邊的位置現在被拉維妮亞坐去了，敏欽小姐對她說話的態度十分冷酷。

「莎拉，妳有新工作了，」她說，「去和年紀比較小的孩子坐同一桌。務必讓她們保持安靜，看著她們好好吃飯，不要浪費食物。妳以後應該要早點下來，蘿蒂已經把茶打翻了。」

這還只是開始而已，隨著日子一天天過去，她必須負責的工作越來越多。她要教導年幼的孩子法文，並在她們上其他課程時旁聽，而這還只是最輕鬆的工作。每個人都命令她去做各種不同的事務，不論任何天氣或任何時間她都有可能被叫去幫忙做事。她會被指使去做一些其他人不願意做的事，廚師和女傭學著敏欽小姐的語氣命令這位過去讓他們忙得不得了的「年輕人」去工作，並對此樂在其中。這些下人都沒有受過良好訓練，既沒有禮貌也沒有好脾氣，他們覺得有個人可以讓他們隨時責怪是件很方便的事。

在頭一、兩個月，莎拉都盡她所能地幫忙做事，並在受到責怪時默不作聲，她認為這樣的態度或許可以軟化那些指使她的人。在她驕傲的心中，她希望那些人能看清她是以勞力換取生存地位的，她並不是在接受施捨。但後來她終於領悟到，沒有人的態度會軟化。她越是盡她所能地幫忙做事，散漫的女傭們就會越跋扈、越嚴厲，而兇惡的廚師則越來越常把事情怪在她頭上。

如果她的年齡再大一點的話，敏欽小姐就會讓她去教比較年長的小孩，並開除一位老師，省下一筆錢。但她現在看起來還只是個小孩，因此她最大的用處是成為聰明的跑腿雜役和處理各種雜務的女傭。一般的雜役沒有她那麼聰明可靠，莎拉有辦法處理各種艱難的工作和傳遞複雜的訊息。她有能力清掃房間、把雜物整理得井井有條，甚至知道怎麼支付帳單。

上課對她來說已經是過去的事了。沒有人會教她讀書，只有在替一群人東奔西走地辦完事，結束漫長而繁忙的一天之後，她才能前往勉強被允許進入的無人教室，搬出一大疊老舊的書籍，獨自一人在晚上讀書。

「如果我不複習以前學過的知識的話，我或許就會把這些知識忘了。」她對自己說，「我現在就像是廚房女傭，而廚房女傭不會學習到任何知識，就像可憐的貝琪一樣。不知道我會不會**真的**忘記這些知識，開始變得發音不標準，不再記得亨利八世曾娶過六個太太。」

在她的新生活中，最奇怪的事情之一就是她在學生中的地位不同了。她不再是個重要的皇家角色了，她似乎根本不再是學生中的一員。她總是忙於工作，幾乎沒有機會跟任何學生說話。現在的生活讓她脫離了教室中曾屬於她的一席之地，她無法避免地注意到敏欽小姐對此非常滿意。

「我不會讓她跟任何小孩親近或講話，」那位小姐這麼說，「女孩子都喜歡不平之冤，要是她開始編造一些關於她自己的傳奇故事並說給女孩們聽的話，她就會變成飽受苦難的女主角，屆時家長就會接收到錯誤的資訊。所以最好還是把她跟其他人隔絕開來，去過適合她的那種生活。我已經給了她一個家，這已經比她應該期望從我這裡得到的東西還要慷慨得多了。」

莎拉期望的不多。其他學生顯然在面對她時感到尷尬與疑惑，但她的驕傲不容許她繼續對她們做出親近的舉動。事實上，敏欽小姐的學生是一群呆板而冷漠的學生，她們習慣過著有錢的舒適生活。她們看到莎拉的洋裝變得又短、又破、又滑稽，腳上穿著破了洞的鞋，而且她們知道莎拉還要在廚師急著想要雜貨的時候出去幫忙買，一路提著裝滿雜貨的籃子沿著街道走回來。這讓她們覺得和莎拉講話就等於是在跟下等僕人講話。

「她看起來的確像是擁有鑽石礦的女孩呢，」拉維妮亞評論道，「她現在比以前還要奇怪了。我一直都不太喜歡她，她一語不發地盯著別人看的表情實在讓我無法忍受——好像想要看透別人一樣。」

「我是想要看透別人啊，」莎拉聽說了這些話後立刻道，「這就是我凝視某些人的目的。我想要看清他們，我會在之後一遍遍思考我看到的東西。」

事實上，凝視別人有時能讓她避開麻煩。拉維妮亞向來喜歡惡作劇，若能對敏欽小姐的前任得意門生成功惡作劇的話，對她來說絕對有趣至極。而莎拉盯著拉維妮亞的舉動讓她避過了好幾次惡作劇。

莎拉從來不對人惡作劇，也從來不妨礙別人。她像個苦工一樣辛勤工作，帶著包裹和籃子踏過潮溼的街道，在年幼孩子的法文課上規勸她們不要不成熟地分心。她的衣服越來越破爛，看起來越來越像被遺棄的小孩，於是其他人便要她最好在樓下吃飯。眾人對待她的態度就像沒有人把她放在心上，她變得越來越驕傲，也越來越傷心，但她從沒有告訴過任何人。

「軍人是不會抱怨的，」她緊閉著小嘴，暗自告訴自己，「我也不會抱怨。我要假裝這是戰爭的一部分。」

有些時候，她年幼的心靈會因為孤獨而傷心欲絕，但幸好還有三個人能撫慰她的心靈。

第一個人當然是貝琪──也只能是貝琪。在住進閣樓的第一夜，莎拉知道，牆壁後面除了不斷發出打架聲和吱吱叫聲的老鼠之外，還有另一名年輕的小女生，這讓她隱隱感覺到安慰。隨著日子一天天過去，每晚她所感覺到的安慰也越來越深。在白天，她們兩人很少有機會講話。兩個人都有各自的工作要做，只要表現出想要和對方講話的樣子，就會被認為她們想要偷懶或浪費時間。

「小姐，」貝琪在某個早上耳語道，「如果我之後跟妳說話時很沒有禮貌的話，請妳原諒我。要是我有禮地和妳說話，我們就會被罵。我**很想**跟妳說『請』、『謝謝』和『不好意思』，但我沒有時間可以說。」

每天破曉之前，她都會偷溜到莎拉的房間裡，替她扣上洋裝的扣子並幫她的忙，之後莎拉就會下樓到廚房去生火。每天入夜時，莎拉都會聽到她的房門傳來輕柔的敲門聲，代表她的小女僕在門外等著幫忙她。莎拉在頭一個星期非常傷心，她總是在發呆，也不太說話，因此兩人直到好一段時間過去之後才開始頻繁地見面與拜訪彼此。出於直覺，貝琪認為讓痛苦的人有時間獨處對她比較好。

第二個能撫慰莎拉心靈的人是艾曼加德。不過，在艾曼加德找到她之前，她有了一些奇怪的想法。

莎拉漸漸對生活周遭的事物有所反應後，她才發現自己完全遺忘艾曼加德這個人了。她和艾曼加德一直都是朋友，但現在莎拉覺得自己又老了好幾歲，她不得不承認，艾曼加德的愚鈍程度與之前喜歡她的程度成正比。她以一種簡單且毫無助益的方式黏著莎拉。她把莎拉可能有辦法幫助她理解的課業帶來給莎拉看，她專心聆聽莎拉說的每一個字，並不斷纏著莎拉要她說故事。但她自己則沒有什麼有趣的話好說，而且她厭惡所有書籍。事實上，當你身陷重大逆境中時，艾曼加德不是你會記得的那種人，因此莎拉把她忘記了。

再加上那幾個星期艾曼加德剛好回家了，這讓人更加容易忘記她。她回來之後，連續一、兩天都沒有見到莎拉，直到兩人在走廊碰巧相遇，那時莎拉手上抱著滿滿一大疊要拿到樓下去縫補的衣物。莎拉已經學會如何縫補衣物了。她面色蒼白，和過去的樣子大相逕庭，身上穿著過小的怪異洋裝，讓她的腳顯得更加瘦長而黝黑。

艾曼加德的反應太慢了，她在巧遇莎拉時手足無措。她想不到任何一句可以說的話。她知道發生了什麼事，但她想像不到莎拉會變成這樣——看起來既怪異又貧窮，如同僕人一樣。這讓她覺得很痛苦，但她不知道該怎麼辦，只能激動地發出短促的笑聲，毫無意義地問了一個空泛的問題：「噢，莎拉，是妳嗎？」

「是我。」莎拉回答，腦中突然閃過的一個念頭讓她漲紅了臉。她抱著一大疊衣物，下巴靠在衣物的最上方以便保持衣物的平衡。她坦然凝視的視線讓艾曼加德變得更加笨拙。她覺得莎拉好像變成了個性完全不同的女孩，她好像從來不認識她。或許是因為她突然變窮、必須要縫補衣物，又跟貝琪一樣需要工作的關係。

「噢，」她結結巴巴地說，「妳、妳好嗎？」

「我不知道。」莎拉回答，「那妳呢？」

「我、我很好啊，」艾曼加德羞窘無比地說，接著她又想到了一個似乎能讓她們兩人更親近的問題，便脫口而出道：「妳、妳是不是覺得不快樂？」

莎拉在這時做了一個十分不公平的舉動。在那一刻，她破碎的心勝過了理智，她忽然覺得如果艾曼加德真的這麼笨的話，她應該離她越遠越好。

「妳覺得呢？妳覺得我看起來像快樂的樣子嗎？」她說完話後便徑直與艾曼加德擦身而過，沒有再多說一個字。

後來莎拉回想起這段記憶時，她才發現她所經歷的折磨讓那時的她忘了很多事，否則她本應該知道自己不應該責怪艾曼加德的。艾曼加德是個可憐又遲鈍的人，行事總是魯莽又愚笨，她總是在做出了愚笨的事之後，因為意識到自己的愚鈍，又做出更愚笨的事。

但是當下莎拉腦中的念頭讓她反應過度了。

「她就像其他人一樣，」她想著，「她其實不想跟我說話。她知道沒人想跟我說話。」

之後一連好幾個月，兩人之間都像隔了一道牆。當她們偶然相遇時，莎拉會轉開視線，而艾曼加德則會因為過於僵硬、過於尷尬而閉口不言。她們有時會對彼此點頭致意，也有時根本連點頭都沒有。

「如果她不想跟我講話的話，」莎拉想，「我也不要找她講話。反正敏欽小姐也命令我不准找她們講話。」

敏欽小姐的命令剛好順了莎拉的意，她與艾曼加德到最後幾乎不太有機會見到對方了。那段時間裡，很多人都注意到艾曼加德變得比以往更笨了，看起來總是無精打采，很不開心。她常常縮成一團地坐在窗臺上，一語不發地凝視著窗外。有一次潔西在經過她身邊時停下腳步，好奇地看了看她。

「艾曼加德，妳在哭什麼？」她問。

「我沒有哭。」艾曼加德回答的聲音含糊不清，語調十分不穩。

「妳明明在哭，」潔西說，「有一滴好大的眼淚剛剛才從妳的鼻梁上滾下來。現在又有一滴眼淚了。」

「好吧，我現在很悲慘——我不需要別人來管我。」艾曼加德用她臃腫的背部對著潔西，拿出手帕用力摀住整張臉。

那天晚上，莎拉回去閣樓的時間比往常還要晚。她那天一直工作到學生們都上床了才結束，接下來她又在教室裡孤獨地完成她的課程。她踏上閣樓的最後一階階梯時，驚訝地發現門縫底下透出了一線光芒。

「除了我之外，沒有人會進去這間房間，」她迅速地思考著，「但是有人點亮了房間裡的蠟燭。」

的確有人點亮了蠟燭，而且用的不是莎拉本來以為的廚房燭臺，而是學生臥房裡的那種燭臺。有一個人身穿睡袍，披著紅色披肩坐在殘破的小凳子上。是艾曼加德。

「艾曼加德！」莎拉驚叫道，她嚇了好大一跳，「妳這樣會惹上大麻煩的。」

艾曼加德笨拙地站起身，她趿著對她來說過大的臥室拖鞋，拖著腳步走了過來。她的眼睛和鼻子都因為哭泣而變成了粉紅色。

「我知道我如果被發現的話會惹上大麻煩，」她說，「但是我不在乎——我一點也不在乎。噢，莎拉，拜託妳告訴我，妳到底怎麼了？妳為什麼不喜歡我了。」

她的聲音讓莎拉再次感到一種熟悉的哽咽感。這種感覺溫柔而直接——就像艾曼加德第一次詢問她可不可以當「最好的朋友」時的感覺。艾曼加德的話聽起來像是過去幾個星期的行為都不是故意的。

「我喜歡妳，」莎拉回答，「我以為——妳知道的，因為現在一切都不一樣了。我以為妳——妳也不一樣了。」

艾曼加德睜大了她充滿淚水的眼睛。

「天啊，不一樣的是妳呀！」她喊道，「妳不想跟我講話，我不知道該怎麼辦，是妳在我回來之後變得不一樣了。」

莎拉在思考片刻後，發現自己之前犯了錯。

「我**的確**不一樣了，」她解釋說，「但不是妳想的那種不一樣。敏欽小姐不希望我跟其他女孩子講話，大多數的女孩也不想跟我講話。我以為——或許——妳也不想跟我講話，所以我決定不要去找妳講話。」

「噢，莎拉。」艾曼加德驚訝地斥責，幾乎哭了出來。兩人又對看了一眼，接著便緊緊擁住了對方。莎拉把黑色的小小頭顱靠在艾曼加德披著紅色披肩的肩膀上好幾分鐘。她之前以為艾曼加德遺棄她了，覺得無比寂寞。

後來她們一起坐在地板上，莎拉環抱著她的膝蓋，艾曼加德用披肩裹住自己，欽慕地凝視著莎拉小小的臉蛋上奇特的大眼睛。

「我再也沒辦法忍受了，」她說，「莎拉，我敢說沒有了我之後，妳還是可以過得很好，但是我沒有了妳之後，我沒辦法好好生活。我差點就**死了**。所以，我今天晚上躲在被單裡哭的時候，決定要偷偷溜出來這裡，請求妳讓我們變回朋友。」

「妳的個性比我好太多了，」莎拉說，「我太驕傲了，連試著交朋友都不願意。現在我遇到了重重考驗，我擔心這些考驗會讓我**不再是**一個好小孩。」她充滿智慧地皺起眉頭，「或許這正是這些考驗存在的目的。」

「我一點也沒看出這些考驗對妳有什麼好處。」艾曼加德耿直地說。

「老實說，我也看不出來，」莎拉承認道，「但我認為，雖然我們看不出來有什麼好處，但這些考驗一定是有意義的。」接著她懷疑地說：「敏欽小姐**可能**也是有優點的。」

艾曼加德恐懼而好奇地環視閣樓一圈。

「莎拉，」她說，「妳覺得自己有辦法忍受在這裡的生活嗎？」

莎拉也跟著環顧一周。

「只要我假裝這裡是另一個地方就可以，」她回答，「或者我也可以假裝這是某一個故事中的場景。」

她的語速很慢，想像力正在慢慢復甦。自從她身陷困境之後，想像力就不曾出現了，她以為她的想像力被嚇跑了。

「很多人都曾住過更可怕的地方。妳想想看被關在伊芙島的基度山伯爵，想想被關在巴士底監獄裡的囚犯！」

「巴士底監獄。」艾曼加德輕聲細語地複述。她看著莎拉，漸漸沉浸在幻想之中。她還記得法國大革命的故事，莎拉曾用無人能及的生動敘述方式告訴她這個故事，因此她把故事牢牢記住了。

莎拉的眼中再次出現了讓艾曼加德覺得熟悉的光芒。

「對，」她抱著膝蓋說，「巴士底監獄是個很適合假裝的地方。我是一名巴士底監獄中的囚犯，年復一年地被關在那裡，所有人都遺忘了我。敏欽小姐是獄卒，而貝琪——」她眼中的光芒更盛，「貝琪是隔壁牢房的犯人。」

她轉頭看向艾曼加德，看起來就像以前那個莎拉。

「我要開始假裝這裡是巴士底監獄，」她說，「這對我來說會是一個很大的安慰。」

艾曼加德欣喜若狂，同時又心懷敬畏。

「那妳會跟我講這次假裝的故事嗎？」她說，「我可不可以只要有機會就在晚上偷偷溜來這裡？我想聽妳講每天編造的故事，我們之間的感情會比以前還要更像『最好的朋友』。」

「可以。」莎拉點點頭，回答說，「困境可以測試人心，我的困境測試了妳，證明了妳是一個非常好的人。」

第九章　麥奇賽德

三人中的最後一個人是蘿蒂。她還太小，不曉得莎拉遇到的困境是怎麼回事，因此在看到她年輕母親的改變時感到很困惑。她聽到各種傳言，說莎拉遇到了一些不好的事，但是她無法理解為什麼莎拉看起來不一樣了——無法理解為什麼她穿著老舊的黑色洋裝，進入她們的教室也只是為了教她們，而不是坐在她的專屬座位上課。年紀比較小的孩子們發現莎拉不再住在原本的房間裡，華美的艾蜜莉也不再坐在座位上，她們開始互相傳遞大量流言蜚語。蘿蒂遇到的最大難題是，她每次問問題莎拉的回答都非常簡短。對七歲的孩子而言，要理解任何難以理解的事情之前，她必須要把所有細節都弄清楚。

「莎拉，妳現在是不是很窮呢？」她在莎拉第一次負責年幼孩子的法文課時，偷偷地問她，「妳是不是跟乞丐一樣窮呢？」她把肥胖的手塞進莎拉纖瘦的手中，睜著充滿淚水的圓眼睛，「我不想要妳跟乞丐一樣窮。」

她看起來快要哭出來了，莎拉立刻決定要先安撫她。

「沒有地方可以住的人才是乞丐，」莎拉鼓起勇氣說，「我還有地方住呀。」

「妳住在哪裡？」蘿蒂追問，「新的學生住進妳的房間了，那裡現在一點也不漂亮。」

「我住在另一個房間。」莎拉說。

「那個房間漂亮嗎？」蘿蒂繼續問道，「我想要去看看。」

「不要再繼續說話囉，」莎拉說，「敏欽小姐在看我們了。要是我讓妳繼續說話，她會對我生氣的。」

她現在已經發現，不管班上發生什麼壞事她都要負責任了。只要小孩子不專心、講話或者動來動去，她就會被責罵。

但是蘿蒂是個堅持不懈的人，就算莎拉不願意讓她知道她住在哪裡，她也會用別的方法找出答案。她和其他年幼的朋友討論，在年長的孩子討論八卦時在附近偷聽，聽到她們無意間透露出來的資訊後便馬上行動。她在傍晚的時候開始了探索之旅，爬上一段又一段她從來沒見過的樓梯，直到她走到了閣樓。她看到兩扇靠得很近的門，她打開了其中一扇後，看到親愛的莎拉站在一張老舊的桌子上，正看著窗外。

「莎拉！」她驚恐地大喊，「莎拉媽媽！」她之所以驚恐是因為她覺得閣樓太簡陋了，看起來離她的世界過於遙遠，她覺得自己剛剛已經用短短的腿爬了上百階階梯。

莎拉聽到她的聲音後，馬上驚恐地轉過身。這下該怎麼辦呢？要是蘿蒂開始大哭，又剛好被人聽到的話，她們兩個會惹上很大的麻煩。她從桌子上跳下來，跑到蘿蒂面前。

「不要哭，小聲一點，」她懇求說，「如果妳發出聲音的話，我會被責罵的，我今天已經被罵一整天了。蘿蒂，這裡、這裡沒有那麼糟糕。」

「沒有嗎？」蘿蒂抽噎地說完後，咬著嘴唇環顧一圈。她是個已經被寵壞了的孩子，但是她很喜歡莎拉媽媽，所以她願意為了莎拉努力自制。她毫無由來地相信任何一個莎拉所住的地方都有可能是個好地方。她悄聲問：「莎拉，為什麼這裡不糟糕？」

莎拉緊緊抱住她，努力試著微笑。小孩圓滾滾的身體帶來的溫暖讓莎拉感到些許安慰。今天她過得很辛苦，她剛剛正眼眶灼熱地盯著窗外。

「妳可以在這裡看到樓下看不到的景象。」她說。

「什麼景象？」蘿蒂追問。莎拉總是可以激起人們的好奇心，就算是年紀更大的小孩也不例外。

「有靠得很近的煙囪，裡面會冒出盤旋繚繞的煙霧，直升雲霄。有像人類一樣互相聊天的麻雀會不停跳來跳去。還有隨時可能會有人出現在其他房子的閣樓窗戶，妳可以想像那扇窗戶是屬於誰的。這一切都讓人覺得自己好像高高在上──好像這是另一個世界。」

「喔，讓我看看！」蘿蒂喊道，「把我抱上去！」

莎拉把她抱上桌，兩人一起站在老舊的桌子上，倚靠著屋頂上的窗戶邊緣往外看。

沒有從閣樓窗戶往外看過的人，不會知道她們看到的是多麼不一樣的世界。窗戶旁延伸出整片屋瓦，一路向下延伸到屋簷的集雨管。麻雀把這裡當作家，沒有絲毫恐懼地鳴叫並四處跳躍。靠得最近的兩隻麻雀在煙囪頂端激烈爭鬧，直到其中一隻把另一隻啄到逃跑為止。隔壁的房子沒有住人，所以閣樓的窗戶緊緊關著。

「真希望那裡也有住人，」莎拉說，「那扇窗戶離我很近，要是那間閣樓房間也有個小女孩的話，我就可以從那扇窗戶跟她聊天，還可以爬到那裡和她見面。不過前提是我不害怕從屋頂掉下去。」

天空看起來很近，比從街道上看近多了，蘿蒂對此深深著迷。從閣樓的窗戶看出去，眼前矗立著一根根煙囪，讓人不禁覺得樓下發生的事都是假的，敏欽小姐、愛米莉亞小姐和教室也都像是不存在一樣，街道上的車轆聲聽起來像是來自於另一個世界。

「噢，莎拉！」蘿蒂靠在莎拉的懷裡，說道，「我喜歡這個閣樓——我喜歡這裡！這裡比樓下還要棒！」

「快看那隻麻雀，」莎拉輕聲細語地說，「真希望我能拿一些麵包屑丟給牠吃。」

「我有麵包屑！」蘿蒂雀躍地小聲道，「我口袋裡還有一點麵包，是我昨天用零錢買的，我還留了一些。」

她們丟出麵包屑的時候，麻雀跳了起來飛到鄰近的煙囪上。顯然牠還不太習慣有人在屋頂上對牠表達善意，丟出來的麵包屑讓牠嚇了一跳。但接下來，蘿蒂一直保持靜止不動，而莎拉則不斷輕柔地吹著口哨——好像她自己就是一隻麻雀一樣——這讓煙囪上的麻雀發現，原本讓牠警覺的東西原來並沒有什麼威脅性。牠歪了歪頭，自煙囪頂端向下望著麵包屑，眼睛閃閃發亮。蘿蒂極力忍住自己想要移動的慾望。

「牠會過來嗎？牠會過來嗎？」她壓低聲音問。

「牠的眼神像是會過來的樣子，」莎拉跟著壓低聲音回答，「牠在認真思考要不要冒險下來。會的，牠會過來的！快看，牠過來了！」

牠從煙囪上振翅飛落，向她們跳近了一點，在離麵包屑幾英寸的地方停下腳步，再次歪了歪頭，似乎在思考莎拉和蘿蒂等一下會不會變成兩隻大貓向牠撲過去。最後牠的心告訴牠，她們沒有外表看起來那麼可怕，於是牠跳得越來越近，用閃電般的速度啄起了最大的麵包屑，叼著麵包屑飛到煙囪的另一邊去了。

「這樣牠就**知道**了，」莎拉說，「等一下牠會再回來吃剩下的麵包屑。」

牠的確又回來了，而且還帶回了一位朋友，而牠的朋友又帶回了另一位朋友，牠們在這裡飽餐了一頓，期間除了不斷鳴囀啁啾之外，還會每隔一陣子停下動作，歪著頭觀察莎拉和蘿蒂。蘿蒂開心得忘記她一開始被閣樓嚇了一大跳的事。在她被抱下桌子，站回地板上後，莎拉開始一一向她指出這個房間裡各式各樣的美好事物，有些甚至是莎拉自己原來也從未察覺有任何美好之處的事物。

「這個房間又小又高，離樓下很遠，」她說，「就像樹上的鳥巢一樣。傾斜的屋頂很有趣，妳在房間的這一邊幾乎沒有辦法站直。每天早上我都可以躺在床上透過窗戶向上看著天空。窗戶看起來就像是變成了正方形的陽光，陽光普照的時候就會有粉紅色的小小雲朵漂浮而過，讓人覺得好像可以摸得到雲一樣。下雨的時候，雨點不停輕輕敲打窗戶，彷彿在跟我聊天。有星星的時候，妳可以躺在床上計算窗戶裡有多少顆星星，可以數很久很久。然後，妳看看角落生鏽的小爐柵，想像一下，如果我們把爐柵擦乾淨之後點上爐火，這會是多麼棒的一件事呀。所以，這裡真的是個很棒的小房間喔。」

她牽著蘿蒂繞著小房間走，一邊做手勢一邊描述各種她看見的美好事物，讓蘿蒂也看見這些事物的美好之處。蘿蒂總是相信所有莎拉描述的東西。

「妳想想看，」她說，「那邊可以放一張又厚又軟的藍色印度地毯。那個角落可以放一張柔軟的小沙發椅，上面再鋪一條可以裹在身上的毯子。小沙發旁邊有一整櫃滿滿的書，讓人坐在沙發上就可以拿得到書本。火爐前面的牆上可以掛上一張毛毯，把牆上的白漆遮住，除此之外還可以掛上畫像。那裡可以放一盞燈，燈罩是深深的玫瑰紅色。中間擺一張桌子，桌上有茶點和茶。壁爐上有個圓滾滾的銅製小水壺，正因為水沸了而叫個不停。床也可以變得截然不同，換上軟綿綿的床墊，上面再蓋上可愛的絲質被單。這裡可以變得很漂亮喔。說不定我們還可以天天餵麻雀，直到和牠們變成朋友，如此一來牠們就會飛來啄響窗戶，要求我們放牠們進來房間裡。」

「噢，莎拉！」蘿蒂喊道，「我真想要住在這裡！」

莎拉勸誘蘿蒂回到樓下，並送她離開。她再次回到她的閣樓裡，站在房間的正中間環顧四周。她為蘿蒂想像出來的魔法已經遠去，硬邦邦的床鋪上鋪著破舊的被單，脫落的白漆讓人一目了然，地板冰冷而空曠，舊爐柵上滿是鏽痕，因椅腳損壞而歪斜地立著的小凳子是房間裡唯一可以落坐的地方。她坐在凳子上，把臉埋在雙手中好幾分鐘。蘿蒂來了又走讓一切顯得更糟了一點——就像探監的人來了又走之後，囚犯會更孤獨一樣，她有種被拋棄的感覺。

「這裡真是寂寞，」她說，「有時候我會覺得這裡是全世界最寂寞的地方。」

就在她坐在凳子上時，她忽然注意到了一個十分微小的聲響，她抬起頭往聲音傳來的方向望去。若她是個容易緊張的孩子，她一定會在看清楚聲音的來源時跳離那張破舊的凳子。發出聲音的是一隻坐在地上的大老鼠，牠正用有趣的姿勢嗅聞著空氣。蘿蒂掉了幾塊麵包屑在地板上，麵包屑的香味把老鼠從牠的洞裡吸引出來了。

牠看起來實在太奇怪了，簡直就像是長了鬍鬚的小矮人或地精，莎拉因此而對牠感到著迷。牠用明亮的大眼睛看著莎拉，似乎想要詢問她什麼問題。牠看起來實在太疑惑了，讓莎拉忍不住又升起了一些有趣的念頭。

「我敢說當老鼠一定很辛苦，」莎拉若有所思，「沒有人喜歡你，人們一看到你就會跳起來逃跑，尖聲大喊『啊，是可怕的老鼠啊！』我絕對不會喜歡別人一看到我就跳起來大喊『啊，是可怕的莎拉啊！』更不用說那些假裝成餐點的陷阱了。這跟當麻雀比起來根本是天壤之別。但是沒有人在老鼠成為老鼠之前，問過牠想不想成為老鼠。沒有人會問：『你會不會比較想當一隻麻雀呢？』」

她一動也不動地坐著，老鼠因此鼓起了勇氣。牠很害怕莎拉，但牠的心或許跟麻雀一樣。牠的心告訴牠莎拉不會突然撲過來。牠很餓了。牠在牆裡還有一個妻子和很多小孩，牠們已經倒楣透頂好幾天了。牠出來時，小孩都在哀哀哭泣，牠決定要為了這幾塊麵包屑放膽冒險，因此牠伸出爪子踏出一步。

「過來呀，」莎拉說，「我不是陷阱。可憐的小東西，你可以把麵包屑拿走了。巴士底監獄的囚犯也曾和老鼠成為朋友，或許我也可以和你成為朋友。」

我不知道動物是如何理解一件事情的，但我很確定牠們的確能理解某些事情。或許有一種語言，不需要說出口就能讓世上的萬物都理解。或許萬事萬物的背後都有靈魂，他們不用開口就可以和另一個靈魂溝通。無論原因為何，這隻老鼠在那一刻理解了自己是安全的——雖然牠只是一隻老鼠。牠知道坐在紅色小凳子上的年輕人類不會突然跳起來，不會用瘋狂而尖銳的聲音嚇跑牠，也不會對著牠丟巨大的物品。要是牠被巨大的物品丟到的話，牠就只能瘸著一條腿溜回洞裡了。牠是一隻善良的老鼠，不帶有一點惡意，在牠坐著嗅聞空氣，並用晶亮的大眼睛凝視莎拉時，牠暗自希望莎拉能夠了解牠不帶惡意，不要把牠當作敵人。神祕的理解方法讓牠在不需開口說話的狀況下，理解了莎拉不會把牠當作敵人，於是牠輕緩地走向麵包屑，開始進食。牠在吃麵包的時候，每隔一陣子就會看莎拉一眼，就像屋頂的麻雀一樣，但牠的表情非常愧疚，讓莎拉有所感觸。

她靜靜地坐在椅子上望著牠。有一塊麵包屑比其他麵包屑都還要大——大到幾乎不能被稱作麵包屑了。牠顯然很想要接近那塊麵包屑，但那塊麵包屑離凳子非常近，而牠又是那麼膽小。

「牠一定是想要把這塊麵包屑帶進牆裡給家人吃，」莎拉想，「如果我能夠完全靜止不動的話，或許牠會過來拿這塊麵包屑。」

她對這隻老鼠太著迷了，連大氣也不敢出。老鼠又向她移動得更靠近了一點，在吃了幾塊麵包屑後，牠停下腳步，細細地嗅了嗅空氣，又悄悄看了一眼坐在凳子上的人。接著牠像窗外的麻雀一樣鼓起了勇氣，突然衝向那塊大塊的麵包屑，在咬住麵包屑的瞬間一溜煙地跑回牆邊，狠狠撞了一下踢腳板，之後就消失不見了。

「我就知道牠想要把那塊麵包屑帶給牠的小孩吃，」莎拉說，「我相信我一定能跟牠成為朋友的。」

大約一個星期後的某一個晚上，艾曼加德抓到機會偷溜到閣樓來。但在她輕輕用指頭敲過房門後，過了兩、三分鐘莎拉都一直沒有來開門。一開始房間裡一片寂靜，艾曼加德以為莎拉可能已經睡著了。但後來她驚訝地見到了莎拉輕輕地低笑，似乎正用寵溺的語調跟別人說話。

「好啦！」艾曼加德聽到莎拉說，「拿回家吧，麥奇賽德！回去找你的妻子！」

接著房門立刻就被莎拉打開了，她一開門就看到艾曼加德一臉警戒地站在門前。

「莎拉，妳、妳在**跟誰**講話？」她喘著氣問。

莎拉小心翼翼地把她拉進房間，看起來既滿意又開心。

「妳一定要先保證妳不會嚇一跳——一點尖叫都不能發出來，否則我不能告訴妳答案。」她回答。

在這一刻，艾曼加德差點就要尖叫出聲了，但她努力控制住了自己。她環顧閣樓一圈，這裡一個人也沒有。但莎拉剛剛明明有在**向**別人說話，她馬上聯想到了幽靈。

「是、是會讓我嚇到的東西嗎？」她戰戰兢兢地詢問。

「有些人會害怕牠們，」莎拉說，「我一開始也會害怕——但我現在不會了。」

「是、是鬼嗎？」艾曼加德渾身發抖。

「不是鬼，」莎拉笑著說，「是我的老鼠。」

艾曼加德一躍而起，跳到破舊的小床中間，把腳縮到睡袍和紅色披肩下。她沒有尖叫，但還是恐懼地不斷喘氣。

「噢！噢！」她用氣音喊著，「老鼠！老鼠！」

「我很擔心妳會被嚇到，」莎拉說，「但其實妳不用害怕。我正在訓練牠，牠現在認識我了，還會在我叫牠的時候跑出來唷。妳現在有害怕到不想見牠嗎？」

這陣子以來，莎拉借助她從廚房帶上來的麵包屑作為輔助，讓這段奇妙的友情變得越來越深厚，她和這隻怯懦的生物越來越熟稔，慢慢忘記了牠其實是一隻老鼠。

一開始，艾曼加德太擔心了，她只敢在床上縮著腳，蜷縮成一團。但在莎拉神色寧靜地講述了麥奇賽德第一次出現的故事之後，艾曼加德的好奇心便慢慢變濃，她靠到床邊，看著莎拉走到踢腳板上的洞旁跪了下來。

「牠、牠不會突然跑出來，然後跳到床上，對吧？」她說。

「不會的，」莎拉回答，「牠跟我們一樣有禮貌，就像一般人一樣。看好囉！」

她用很輕的聲音吹起口哨——哨音又輕又柔，只有在完全的寂靜中才有可能被聽見。她吹了好幾次口哨，看起來全神貫注，艾曼加德覺得她看起來就像在念咒語一樣。最後，一團長著鬍鬚與明亮眼睛的灰色毛球回應了莎拉的哨音，從洞口中探出頭來。莎拉用手拿出了一些麵包屑，再把麵包屑抖落在地上，麥奇賽德便安靜地靠過來，開始進食。最後牠叼起最大塊的麵包屑，乖巧地跑回家了。

「妳看，」莎拉說，「那是牠要帶回去給牠的妻子和小孩吃的。牠是隻好老鼠，牠只吃小的麵包屑。每次牠回去之後，我都會聽到牠的家人開心地吱吱叫。我總共聽過三種叫聲，一種是小孩，一種是麥奇賽德太太，還有一種是麥奇賽德牠自己。」

艾曼加德笑了起來。

「噢，莎拉！」她說，「妳**真是**奇怪——但妳又總是很好。」

「我知道我很奇怪，」莎拉愉快地承認，「我一直在**試著**讓自己變得更好。」她用咖啡色的小手摸了摸前額，臉上浮現出迷惑而溫柔的表情，「爸爸總是笑我很奇怪，」她說，「但我喜歡他笑我。他覺得我很奇怪，但他喜歡我編故事。我、我沒辦法不編故事，如果我不編故事的話，我應該就沒辦法活下去了。」她停頓了片刻，看著身處的閣樓低聲接著說，「我很確定要是我不編故事的話，我是沒辦法在這裡住下去的。」

艾曼加德一如往常地對莎拉說的話感到好奇，她說：「妳在說故事的時候，聽起來就像那些故事都變成真的了。妳在描述麥奇賽德的時候，把牠說得好像是人一樣。」

「牠**就是**人啊，」莎拉說，「牠會覺得餓，也會感到害怕，就跟我們一樣呀。而且牠結婚了，還有小孩。我們怎麼知道牠不會像我們一樣思考呢？牠的眼神看起來就像是人一樣，所以我才替牠取了名字。」

她用她最喜歡的姿勢坐在地板上，環抱著膝蓋。

「而且，」她說，「牠是一隻巴士底監獄的老鼠，是特別來當我的朋友的。我每天都會拿一些廚師丟掉的麵包屑回來，這些食物對牠來說很足夠。」

「這裡是巴士底監獄嗎？」艾曼加德熱切地詢問，「妳會常常假裝這裡是巴士底監獄嗎？」

「我幾乎一直都在假裝這裡是巴士底監獄，」莎拉回答，「有時候我會假裝這裡是別的地方，但假裝這裡是巴士底監獄最簡單——尤其是在很冷的時候。」

這時，艾曼加德聽到了一個聲音，嚇得她差點從床上跳了起來。那是從牆壁傳來的兩聲敲擊聲。

「那是什麼東西？」她驚呼道。

莎拉站起身，十分戲劇性地回答她：「那是隔壁牢房裡的囚犯。」

「是貝琪！」艾曼加德欣喜地喊道。

「沒錯。」莎拉說，「妳聽，兩聲敲擊代表的是『囚犯，妳在嗎？』」

接著她敲了牆壁三下，就像在回答一樣。

「三下代表的是『我在，一切都很好。』」

接著貝琪那邊的牆壁又傳來了四聲敲擊聲。

「這代表的是『與我共同受難的夥伴，我們一起進入安穩的夢鄉吧，晚安。』」莎拉解釋。

艾曼加德喜笑顏開。

「噢，莎拉！」她開心地低語，「這就像在故事裡面一樣！」

「這**就是**一個故事呀，」莎拉說，「**萬事萬物**都是故事。妳是故事——我是故事，

第十章　印度先生

但是拜訪閣樓對艾曼加德和蘿蒂來說是非常冒險的事。她們每次都無法確定莎拉在不在閣樓裡，也無法確定愛米莉亞小姐會不會在學生們睡著之後到她們的臥室巡邏。所以閣樓有訪客的機會不多，這讓莎拉的生活既冷清又寂寞。跟在閣樓裡的時候相比，在樓下的那段時間對莎拉而言更加孤獨。她沒有可以講話的對象，每當她接到出門的差事時，她只能孤零零地一個人帶著籃子和包裹走上街，在風吹來的時候努力抓住快飛走的帽子，在下雨時踩著溼透的鞋，那些匆匆擦身而過的路人讓她覺得更加孤獨。當她還是莎拉公主的時候，上街都有馬車可以坐，就算是走路也有瑪麗葉陪伴在側。那時，她的小臉上常洋溢著愉悅而熱切的表情，穿戴別致的大衣和帽子，時常吸引路人的目光。打扮得漂漂亮亮的開心小女孩自然能吸引眾人的注意。穿著邋遢的窮苦小孩則既常見又不值得欣賞，沒有人會轉頭注視著這種小孩微笑。這些日子裡，沒有路人看過莎拉一眼，她快步穿過擁擠的人行道時彷彿是個隱形人。她的身形開始迅速抽長，但衣櫃裡只有簡陋的舊衣服可以穿。她知道自己看起來十分滑稽。她的漂亮衣服都已經被處理掉了，她被告知留下來的衣服只要還穿得下，她就要一直穿下去。她偶爾會在經過商店櫥窗時看到鏡子，有時她看到鏡中的自己會失聲笑出來，有時她只能漲紅了臉，咬著嘴唇轉過身去。

在晚上經過窗戶亮著的房子時，她時常從窗戶望進溫暖的房間，想像她看到的人坐在火爐前或者餐桌上的情景，聊以自娛。在百葉窗拉下來之前瞥到的屋內景象總是讓她覺得有趣。敏欽小姐這間學校坐落的街區中有好幾戶人家，莎拉藉由自己的想像力逐漸和這些人變得熟識。她把自己最喜歡的一戶人家稱作「大家庭」，這個稱謂的由來並不是因為家庭成員都很「大」——相反的，其實很多家庭成員都很小——而是因為這個家庭的人數很多。大家庭裡面有八個小孩、豐滿而快樂的母親、豐滿而快樂的父親、豐滿而快樂的祖母，還有好幾位僕人。八個小孩出門時，有的走路有的乘坐嬰兒車，總是被照顧得無微不至，有時他們的媽媽會駕車帶他們出去，有的晚上，他們會飛奔到門口迎接爸爸，在親了親他之後圍繞在他身邊，翻看大衣口袋裡有沒有禮物，有時他們會聚在幼兒房的窗口互相推擠，笑鬧著向外望——他們總是開開心心地做著大家庭該做的事。莎拉很喜歡他們，用書本裡的名字為他們命名——而且都是帶有傳奇色彩的名字。她把大家庭取名為蒙摩倫西一家，帶著蕾絲帽子的胖嘟嘟可愛嬰兒是伊索貝塔·波尚·蒙摩倫西，另一個嬰兒叫做薇爾蕾·喬蒙德利·蒙摩倫西，蹣著圓滾滾的小腳蹣跚學步的小男孩是席尼·賽西爾·薇薇安·蒙摩倫西，接下來還有莉莉安·伊凡潔琳·莫德·瑪莉詠、羅莎琳·葛萊蒂、蓋·克萊倫斯、維若妮卡·尤塔莎，以及克勞德·哈洛·海克特。

這天晚上發生了一件很有趣的事情——不過這件事情在某些人看來或許一點也不有趣。

在莎拉經過大家庭的門前時，蒙摩倫西家的幾個小孩穿越了人行道，正打算要坐上馬車，看起來顯然是要去參加其他小孩的派對。維若妮卡·尤塔莎和羅莎琳·葛萊蒂身穿白色蕾絲洋裝，繫著可愛的腰帶，剛剛坐進去馬車裡，五歲的蓋·克萊倫斯跟在她們後面。他是個長相漂亮的小孩，紅潤的臉頰上方有一雙湛藍的眼睛，鬈曲的頭髮垂落在圓滾滾的臉頰旁。他太可愛了，讓莎拉忘記了自己手上的籃子和破舊的披風——莎拉把一切都拋在腦後，只想要多看他幾眼。所以她停下了腳步，盯著他看。

這時已經臨近聖誕節了，大家庭的孩子聽了很多故事，故事裡的小孩很窮，沒有媽媽和爸爸會往襪子裡放禮物或帶他們去看聖誕童話劇——這些小孩衣著單薄，又冷又餓。在故事裡面，好心的人——有時是好心的小男孩和小女孩——一定會遇到這些可憐的小孩，並給予小孩錢財、豐厚禮物或者帶他們回家吃一頓豐盛的晚餐。蓋·克萊倫斯這天下午正好讀到了一篇這樣的故事，他為此感動得流下眼淚，現在心中正強烈渴望著能找到一個窮苦的小孩，把他的六便士拿給她，讓她能夠生活無虞。他很確定，那個小孩只要有了六便士就能過上富裕的生活了。他踏出家門口，沿著橫越人行道上的紅色地毯走向馬車，身上的軍褲口袋中就放這六便士。在羅莎琳·葛萊蒂為了感受坐墊回彈的力量而跳向車內的座位時，他看到了站在潮溼人行道上的莎拉。莎拉穿戴著破舊的洋裝與帽子，手臂上掛著老舊的籃子，正一臉渴望地望著他。

他以為莎拉的雙眼閃爍著渴望的光芒是因為她可能很久沒吃東西了，他不知道莎拉渴望的其實是他家快樂的生活、是他紅潤的臉頰、是想把他擁進懷裡親他一下。他只知道她的眼睛很大，臉龐和腿都好瘦，手上拿著一個普普通通的籃子，衣著看起來十分貧窮。因此，他從口袋裡拿出六便士，溫柔地走到她面前。

「可憐的小女孩，來，」他說，「這是六便士，我要把這六便士給妳。」

莎拉嚇了一跳，她忽然發現原來自己現在就像是個窮小孩，是以前她生活富裕時，走下馬車時會看到的那種在街上等待的窮小孩。她以前常常拿零錢給那些小孩。她的臉色轉紅，之後又由紅轉白，她有那麼一瞬間覺得自己不應該接受那珍貴的六便士。

「噢，不用！」她說，「噢，不用，謝謝你，但我不能收，真的不能收！」

她說話的聲音一點也不像街上遊蕩的那種小孩，她的態度和好人家的小孩很像，這讓維若妮卡・尤塔莎（她的真名叫珍妮特）和羅莎琳・葛萊蒂（她的名字其實是諾拉）都傾身聽她說話。

但蓋・克萊倫斯不願收回自己的善意，他把六便士塞進她的手裡。

「要，妳一定要拿，可憐的女孩！」他耿直地堅持著，「妳可以拿這六便士去買吃的，這可是整整六便士呢！」

他的表情坦率而善良，看起來似乎會因為莎拉的拒絕而失望與心碎，這讓莎拉覺得自己不應該拒絕他。在這種時候，驕傲成為了一件殘酷的事，於是她收起自己的驕傲，不過還是無法自制地燒紅了臉。

「謝謝你，」她說，「你是個非常、非常善良的好孩子。」在他歡天喜地地爬上馬車後，莎拉便繼續往前走。她呼吸急促，眼睛裡閃爍著水光，但她還是試著微笑。她知道自己看起來怪異而貧窮，但直到現在她才發現，原來自己可能已經被當成乞丐了。

大家庭的馬車離開之後，車中的小孩開始興奮又好奇地討論起來。

「噢，唐納（這是蓋・克萊倫斯的真名），」珍妮特擔心地說，「你為什麼要給那個小女孩六便士呢？我很確定她一定不是乞丐。」

「她講話的樣子一點也不像乞丐呀！」諾拉喊道，「她的臉看起來也不像是乞丐的臉！」

「而且她也沒有跟你討錢，」珍妮特說，「我剛剛很擔心她會對你生氣。把不是乞丐的人當作乞丐是會讓人生氣的事情。」

「她沒有生氣，」唐納有點沮喪，但依然固執地說，「她剛剛笑了，還說我是非常非常善良的好孩子。我真的是善良的孩子呀！那可是我的六便士呢。」

珍妮特和諾拉對視一眼。

「乞丐絕對不會說那種話，」珍妮特堅決地說，「乞丐會說的是『謝謝你的好心，好心的先生——謝謝你，先生。』接著可能還會行一個屈膝禮。」

莎拉對這段討論毫不知情。從那時候開始，大家庭裡的小孩都對她深感興趣。他們會在莎拉經過的時候擠在幼兒房的窗戶後面，並圍在火爐邊認真地討論關於莎拉的事。

「她應該是女子菁英學院裡的僕人，」珍妮特說，「我覺得她沒有家人，而且應該是孤兒。不管她看起來多窮，她都絕不是乞丐。」

沒多久後，她就被大家庭的人稱做「不是乞丐的女孩」，這顯然是個過長的名字，每當年幼的孩子用很快的速度說出這個名字時，聽起來都令人發笑。

莎拉想辦法在那枚六便士硬幣上穿了一個洞，用一條以前留下的窄緞帶把錢幣掛在脖子上。她對大家庭的好感逐漸上升——或者應該說，她對每件值得她愛的事情的好感都在逐漸上升。她越來越愛貝琪，也越來越期待每周要去課堂教年幼孩子法語的那兩天早晨。她的小小學生們都很愛她，會在上課時努力爭取站在她身旁的特權，然後再想方設法把小手放進她的手裡。小孩子依偎著她的感覺深深慰藉了她的心靈。她和麻雀變成了好朋友，只要她站到桌上，再將頭和肩膀探出閣樓的窗外，吹吹口哨，就會馬上聽到振翅聲和回應的鳥鳴，接著，一小群色澤黯淡、習慣於城市生活的鳥會降落在屋瓦上，一邊和她說話，一邊啄食她灑落的麵包屑。麥奇賽德現在也跟她越來越親密了，牠甚至有時會把麥奇賽德太太一起帶出來，偶爾也會帶一、兩個小孩子出洞。莎拉和麥奇賽德講話時，總覺得牠看起來似乎聽得懂她說的話。

她對坐在椅子上旁觀一切的艾蜜莉有種奇異的感情，這種感情與日俱增。在她覺得無比孤寂時，她常常會對艾蜜莉產生這種感覺。她一直都相信，或者應該說她一直都假裝相信艾蜜莉能理解她、同情她。她不願意承認自己唯一的同伴沒有情感，也無法聆聽。她會把艾蜜莉放在椅子上，自己則拉過那張老舊的紅色小凳子坐在對面凝視她，直到她的眼睛越來越大，眼中幾乎出現了恐懼的情緒——尤其是在萬籟俱寂的晚上，有時閣樓裡唯一的聲響只有麥奇賽德一家在牆裡奔跑或吱吱叫的動靜。她的「幻想」之一是艾蜜莉其實是一名會保護她的善良女巫。有時候，她會凝視著她，直到進入非常深切的幻想之中。她會在那時脫口而出幾個問題，心中**幾乎**真的覺得她會馬上回答她。但艾蜜莉從來沒有開口過。

「回答問題這件事就是這樣，」莎拉自我安慰地說，「我也不常回答問題。我能控制的時候，我從來不回答。如果有人罵妳，最好的反應就是一個字也不要說——盯著他們**思考**就好了。每次我這麼做，敏欽小姐就會氣得臉色發白，愛米莉亞小姐跟其他女孩則會被我嚇到。只要妳能控制自己不要勃然大怒，別人就會知道你比他們還要強大，他們總是會說一些讓自己之後會後悔的話。憤怒是很強大的事情，但能夠抑制憤怒則比憤怒還要更強大。不回答敵人是對的選擇。我就很少回答敵人的話。或許艾蜜莉比我還要像我自己，或許她也不想回答她的朋友，她只想把回答留在心裡面。」

雖然她試著以此說服自己，但她有時還是難以相信這個論點。有時她經歷了漫長而疲憊的一天，在寒冷的風雨中被叫去很遠的地方跑腿，東奔西走，回來的時候又溼又餓，卻還是有人會選擇忽視她是個孩子這個事實，要她再次出門辦事，沒有人在意她細瘦的雙腿會不會疲憊，也沒有人在意她瘦小的身體會不會感到寒冷；有時指使她的人在應該道謝的時候只會回以尖刻的言詞與冰冷而譏諷的眼神；有時廚師的態度既粗魯又傲慢；有時敏欽小姐心情不佳；有時她會看到其他女孩聚在一起譏笑她衣著襤樓。她每一次難過的時候，艾蜜莉都挺直著背脊坐在冰冷的椅子上凝視她，所以用幻想安撫自己悲傷、驕傲又孤獨的心靈並不是每次都能成功的。

其中一個她無法成功說服自己的晚上，她走進閣樓，覺得又冷又餓，年輕的胸膛裡燃燒著憤怒的烈火。她覺得艾蜜莉的眼神空洞，木製的手腳毫無生氣，這讓她失去了控制。這裡除了艾蜜莉之外，一個人都沒有——這個世界上一個人都沒有了。只有她坐在那裡。

「我應該立刻死掉才對。」她開口說。

艾蜜莉看著她。

「我再也受不了了，」可憐的小女孩發著抖說，「我知道我應該立刻死掉。我很冷，很溼，快要餓死了。我今天走了一千英里，但他們從早到晚都只會責罵我。晚上還因為沒有買到廚師要我出去買的東西，就被懲罰不准吃飯。我走在街上的時候因為鞋子太舊，跌到了爛泥巴裡，旁邊的人因此哈哈大笑。我全身都是泥巴，他們卻在哈哈大笑。妳聽到了嗎？」

她看著那雙盯著她的玻璃眼睛和表情滿足的臉，心中突然生出一股令她傷心欲絕的憤怒。她粗魯地抬起小手，把艾蜜莉從椅子上打下去，淚流滿面地抽噎著——莎拉是從不嚎啕大哭的小孩。

「妳什麼都不是，就只是一個**洋娃娃！**」她喊道，「什麼都不是，就只是個洋娃娃、洋娃娃、洋娃娃！妳的身體是木頭做的，妳沒有心，沒有人能讓妳有感覺，妳就只是個**洋娃娃！**」艾蜜莉倒在地板上，兩隻腳難看地摺疊在臉前面，鼻子的尖端撞出了一小塊擦痕。但她依舊冷靜而嚴肅。莎拉把臉埋在手臂裡。牆壁裡的老鼠開始打起架來了，牠們互相囓咬，發出吱吱叫聲與撞擊聲。麥奇賽德正在責罵其中幾個家庭成員。

莎拉的啜泣聲逐漸轉小。大發脾氣一點也不像她會做的事，因此她對自己的舉動感到很訝異。又過了一陣子之後，她抬起頭，看向艾蜜莉。艾蜜莉躺在地上，雙眼彷彿正在盯著莎拉看，那雙玻璃眼睛中似乎充滿了同情。莎拉彎下腰，把艾蜜莉撿起來，心中自責不已。她對自己揚起了一個非常微小的笑容。

「妳沒辦法讓自己不是洋娃娃呀，」她無奈地輕嘆一口氣，「就像拉維妮亞和潔西沒辦法讓自己講道理一樣。我們不可能統統變得一模一樣，或許妳已經盡了身為洋娃娃的全力了。」她親了親艾蜜莉，幫她把衣服拉整齊，再放回她的椅子上。

她一直都很希望有人能住進隔壁的空房子，原因在於隔壁的閣樓窗戶離她的房間很近，如果有一天能看見有人從隔壁的方形窗戶中探出頭和肩膀，一定會是件很棒的事。

「如果探出頭來的人看起來像是好人的話，」她想，「我會先跟對方說一聲『早安』，接下來我們就會有更多互動。不過，當然啦，會住在那裡的應該也只會是僕人而已。」

這天早上，她沿路去了雜貨店、肉攤和麵包店之後，從轉角轉回學校街區。這時她興致勃勃地發現，在她跑腿的這段期間，隔壁的房子前面多了一輛裝滿家具的卡車，而房子的大門敞開，有不少穿著短袖的人進進出出地搬運著沉重的箱子與家具。

「有人住進去了！」她說，「真的**有人**住進去了！噢，希望從閣樓窗戶探出頭的會是個好人！」

她很想要跟站在人行道旁看熱鬧的人一起看著一件件家具被搬進去。她覺得若是她能多觀察幾件家具的話，她就可以猜到家具擁有者的一些個性。

「敏欽小姐的桌椅跟她很像，」她想，「雖然我第一次看到她的時候還很小，但我記得那時我就這麼想了。我告訴爸爸之後，他還大笑著贊同我的想法。大家庭一定也有又大又舒服的扶手椅和沙發，從窗戶可以看到他們的紅花壁紙，跟他們的個性一模一樣，感覺溫暖、愉快、親切又開心。」

當天稍晚，她又被指使去蔬果攤買芹菜。在走回街區時，她的心臟因為心中升起的熟悉感而重重地跳了一下。好幾件家具被從卡車中搬了出來，放在人行道上。有用柚木精雕細琢而成的華美木桌，還有蓋著富麗東方刺繡的隔板。這些家具讓她升起了奇異的思鄉之情，她在印度看過跟這些家具很像的東西，她被敏欽小姐拿走的其中一件家具就是父親寄過來的柚木雕花書桌。

「這些家具真美，」她說，「看起來就應該屬於一位善良的主人。每一件家具看起來都很昂貴，搬進來的家庭應該很富有。」

這一天，一輛輛裝著家具的卡車開到房門口，卸完貨之後又有另一輛卡車取代前一輛的位置。莎拉趁機看了好幾眼從卡車上卸下來的物品。顯然她的猜測是對的，搬進來的人非常富有，所有的家具都精緻而華美，大部分都是來自東方的家具。那些人從卡車中搬出了無數美麗的地毯、窗簾、飾品和畫像，甚至還有數量多到能媲美圖書館的書本，莎拉還看到了一座帶有神座、十分富麗堂皇的佛像。

「這戶人家裡**一定**有人去過印度，」莎拉想，「他們很習慣用印度的用品，也很喜歡印度。**真的**太讓人開心了。就算沒有人會從閣樓窗戶探出頭來，我也會覺得隔壁的人家像是朋友一樣。」

她在幫廚師搬晚上送來的牛奶進屋時（什麼奇怪的工作都有人叫她去做），看到一個比先前都還要有趣得多的景象。大家庭那位英俊又快樂的父親十分習以為常地走上了隔壁房子的臺階。他走上臺階的態度彷彿這裡就是他家，好像他預期未來還會再上上下下這個臺階無數次似的。他在隔壁的房子裡待了好一陣子，接著又走出來指揮搬貨的人好幾次，似乎他本來就有權力這麼做。顯然他跟新搬進隔壁的人很熟悉，正在幫他處理搬家事宜。

「如果搬進來的人有小孩，」莎拉想，「那麼大家庭的小孩一定會過來這裡玩，如此一來，他們就有可能因為好玩而跑上去閣樓了。」

到了晚上，在一切工作結束之後，貝琪進到她的房間探望她親愛的囚犯，還帶來了一些新消息。

「小姐，要搬進隔壁的人是位印度先生，」她說，「我不知道他是不是個黑人先生，但他是印度人。他很有錢，而且生病了，大家庭的先生是他的律師。他之前遇到了很多麻煩，所以才會生病，現在頭腦不清楚。小姐，他崇拜偶像，他是個異教徒，會對木頭和石頭鞠躬。我看到他們把他拿來崇拜的偶像搬了進去。應該要找人拿基督教的文宣給他看，每本只要一便士。」

莎拉小聲地笑了起來。

「我不覺得他會崇拜那個偶像，」她說，「有的人只是因為有興趣才收藏偶像。我爸爸以前也有一個偶像，但他從來不會去拜那個偶像。」

但貝琪還是寧願相信那位新鄰居是一名「異教徒」。因為跟每個周末帶著聖經去教堂做禮拜的普通人比起來，異教徒聽起來有趣多了。那天晚上，貝琪在莎拉的房間坐了很久，不斷猜測新鄰居會是什麼樣子、新鄰居如果有妻子會是什麼樣子、他如果有小孩又會是什麼樣子。莎拉看得出來，其實貝琪暗中希望隔壁的小孩都是黑人，頭上還會纏頭巾，而且最好跟他們的父母一樣，都是「異教徒」。

「小姐，我從來沒有住在異教徒的隔壁過呢，」她說，「我真想看看他們到底會是什麼樣子。」

幾個星期之後，貝琪的好奇心得到了滿足。顯然隔壁房子的新主人既沒有妻子也沒有小孩，他是個單身男子，沒有家人跟他一起搬進來，而且他的健康狀況不佳，看起來思慮甚重。

他住進來的那天，一輛馬車停在隔壁房子的門口。男僕下了車之後，打開了車門。首先下來的是大家庭裡的父親，接著下車的是身著制服的護士，再來是兩位男僕，他們扶著最後下車的主人下了馬車。這位主人形容枯槁，面色憂傷，消瘦的身體被包在毛皮裡面。他被攙扶著走上臺階，大家庭的父親神色緊張地跟在他身邊。沒多久之後，一輛醫生的馬車也抵達了門口，醫生也跟著進去了隔壁——顯然是來照顧這位新鄰居的。

「莎拉，隔壁的先生看起來好黃喔，」隔了幾天後，蘿蒂在法語課悄聲說道，「你覺得他是中國人嗎？地理課本上寫說中國人是黃色的。」

「不，他不是中國人。」莎拉悄悄回答，「他是病得太嚴重了。蘿蒂，繼續練習法文，『不，先生。我沒有舅舅。』」

印度先生的故事就此展開。

第十一章　拉姆達斯

站在學校前的街口時，偶爾可以看到美麗的夕陽，不過由於無數煙囪和屋頂的遮擋，是沒辦法看到黃昏的全景的。夕陽西下時，從廚房的窗戶看出去則完全沒辦法看到日落，只能從紅磚的色澤轉暖，以及空氣變得偏紅或偏黃來猜測是否已經到了黃昏，有時穿透某幾扇特定的玻璃窗打在地上的強烈光線也能讓人判斷時間。不過，這棟房子裡還是有某個地方能望見夕陽落下時的壯麗景象：西邊層層疊疊的無數雲朵中，有艷紅色與燦金色的雲朵、邊緣鑲嵌了燦爛光暈的柔紫色雲朵，也有羊毛一樣輕軟蓬鬆的雲朵，上面渲染著玫瑰般的色澤，在有風的日子裡像粉紅色的鴿子一樣匆匆飛越藍天。能看見這些景象並同時呼吸純淨空氣的不是別的地方，正是閣樓的窗戶。每當莎拉看到街道突然散發出迷人的光彩，連漆黑的大樹和柵欄看起來都融入於街景之中，一切都美麗極了的時候，她就知道天空要開始轉變了。每到了這個時候，只要她確定自己偷溜走後不會被發現或被再次叫回廚房，她就一定會躡手躡腳地離開，悄悄登上一階階樓梯，爬上老舊的桌子，把頭與身體盡可能地探出閣樓的窗戶外。她總是會在這種時候深吸一口氣，環顧四周一圈，覺得自己似乎擁有整片天空和整個世界。從來都沒有人自別棟房子的閣樓探出頭過，其他天窗通常都是關著的，就算有人把天窗打開通風，也不會有人太靠近這些窗戶。有時候，莎拉會抬頭面向那片看起來十分靠近的親切藍天——天空簡直就像優美的拱形天花板——所有美好的事物都在那裡：雲朵在上面輕柔地融合或飄移，等待著轉變成粉紅色、緋紅色、雪白色、柔紫色或者鴿子一樣的灰白色。有時雲朵會變成島嶼或巨大的山脈，圍繞住一汪美麗的湖泊，湖泊有可能是土耳其藍色、琥珀般的橘紅色或者玉石般的翠綠色。有時雲朵又像突出的陸岬一樣深入失傳已久的神祕海洋，美麗的長條狀陸塊有時會融合進其他美麗的陸塊之中。有的雲朵看起來好像能讓人在上面奔跑與攀爬，或者在上面等待著接下來將要發生的事——或許接下來一切都會消散無蹤，那麼站在上面的人就可以輕飄飄地飛走。至少莎拉是這樣看待這些雲朵的，她覺得沒有任何事物比她站在這張桌子上時看到的景象還要美了——她有一半的身體都探出了天窗外——麻雀們在日落時停棲在屋瓦上輕柔地鳴叫。莎拉總是覺得在這片動人的美景之下，連麻雀的啁啾聲都顯得特別溫順。

在印度先生入住新居的幾天後，莎拉正好就遇到了一次漂亮的黃昏。這天莎拉很幸運，她在下午就把工作做完了，沒有人要她去別的地方或者幫忙打雜，所以她比平常還輕易地溜出了廚房，回到樓上。

她爬上她的桌子，往外看去。這是個動人的時刻，西邊的雲層如同流金一樣，彷彿整個世界都被燦爛耀眼的浪花翻捲而過，空氣是奢華的金黃色，飛越過屋頂的烏黑鳥群把這種金黃色襯托得更加亮眼。

「今天的黃昏是最輝煌奪目的那種黃昏，」莎拉溫柔地對自己說，「這讓我幾乎有點害怕——好像會發生什麼怪事似的。輝煌奪目的黃昏總是讓我覺得害怕。」

她在這時突然聽到不遠處有道聲響，她馬上轉頭望去。那道聲音聽起來是一種奇異而微弱的吱吱叫聲，是從隔壁的閣樓窗戶傳過來的。有人跟她一樣爬到閣樓來欣賞夕陽。莎拉看到隔壁的天窗中探出了一個人的頭和半截身體，但那個人既不是小女孩也不是女傭。他身穿白色長衫，黝黑的臉上有一雙明亮的眼睛，頭上戴著白色的頭巾，是一個印度男僕——莎拉馬上自言自語道：「他是印度水手。」——她剛剛聽到的聲音來自男僕手臂中的一隻小猴子，那隻小猴子依偎在他胸前吱吱叫著，他看起來很寵愛那隻小猴子。

莎拉看向他的時候，他也回望著莎拉。她覺得他黝黑的臉看起來很憂傷、很想家。她很確定對方上來閣樓的目的一定是看看太陽，住在英國很難見到太陽，他一定很渴望能看到陽光。她饒有興致地望著他，下一秒便越過屋頂對著他揚起微笑。她知道微笑能帶給人多大的安慰，就算是來自陌生人的微笑也一樣。

這抹笑容顯然讓他十分開心。他的表情一變，在回以微笑時露出了牙齒，雪白的牙齒在他黝黑的臉龐上就像在發光一樣。莎拉親切的眼神總是能對疲憊和消沉的人產生正面的影響。

他對莎拉行了額手禮，這時，他似乎不小心放鬆了抱著猴子的手臂。那隻猴子向來頑皮，一天到晚都想要冒險，而眼前的小女孩或許讓牠很感興趣。牠突然從男子的懷抱中掙脫，躍上了屋瓦，一路吱吱叫著跑到莎拉面前，跳到莎拉的肩膀上，接著又從肩膀向下一躍，跑進了莎拉的房間中。她開心地笑了起來，但她知道她必須把猴子還給他的主人(如果這位印度水手是牠的主人的話)，不過她不太確定該怎麼做才好。猴子會讓她捉住他嗎？說不定牠很調皮，不想被捉，可能還會在掙脫後跑到屋頂上，就此不見。那可不是什麼好事，說不定這隻猴子的主人是印度先生，那位可憐的先生可能很喜歡這隻猴子。

她轉向印度水手，很開心自己還記得和父親一起住在印度時學會的印度語，她可以讓他聽懂她說的話。她開口對他說出了他能理解的語言。

「牠會讓我抓住牠嗎？」她問。

在莎拉說出印度水手無比熟悉的語言後，她覺得那張黝黑臉龐上的表情是自己所看過最驚訝、最快樂的表情了。事實上，可憐的印度水手還以為是神讓他聽懂這句話的，那道親切的聲音應該是來自於天堂吧。莎拉馬上看出來，這位印度水手應該對歐洲的小孩子很熟悉。他滔滔不絕地對莎拉尊敬地道謝。他說他是小姐的僕人。那隻猴子是隻好猴子，不會咬人，但很不幸的，牠很難捉。牠會像閃電一樣從這邊逃到那邊，牠不喜歡服從命令，但牠不是隻壞猴子。拉姆達斯就像了解自己的小孩一樣了解這隻小猴子，牠有時會聽從拉姆達斯的命令，但有時不會。如果小姐准許的話，拉姆達斯可以爬過屋頂，從她的窗戶爬進去房間裡抓住那隻小壞蛋。但他顯然很擔心莎拉會覺得他太自由了，或許還會因此不讓他過去。

但莎拉馬上就同意了。

「你過得來嗎？」她問。

「可以，我過去的速度很快。」他回答。

「那就過來吧，」她說，「牠現在在我的房間到處亂竄，好像嚇到了。」

拉姆達斯敏捷地爬出那邊的窗戶，腳步又輕又穩地走向莎拉，好像他這輩子都一直在屋頂上行走一樣。他從天窗跳進莎拉的房間，落地時一點聲音都沒有。他轉向莎拉，又行了一個額手禮。猴子在看到他時發出了小聲的尖叫。拉姆達斯謹慎地關起天窗，接著開始追猴子。這場追逐並沒有持續太久，小猴子顯然只是為了好玩而讓拉姆達斯追了牠幾分鐘，之後便吱吱叫著跳上拉姆達斯的肩膀，坐在他的肩上用細瘦的手臂抱著拉姆達斯的脖子，繼續吱吱亂叫。

拉姆達斯對莎拉表達了深切的感謝之情。莎拉知道，他一眼就看清了這間房間有多破舊、多貧乏，但他對莎拉說話的態度就像在對一位貴族的女兒說話，而且裝做什麼都沒有發現的樣子。他在捉到猴子之後，不敢冒昧在這裡多做停留，只花了幾分鐘的時間對莎拉的寬容表達了真誠的尊敬與感謝。他摸著猴子說，這隻小壞蛋其實不像牠外表看起來那麼壞，牠有時能帶給生病的主人一些快樂。如果主人最喜歡的猴子不見了，他一定會很難過。接著他再次向她行了額手禮，接著便跳出天窗，像猴子一樣敏捷地橫越屋頂回到隔壁去了。

他走了之後，莎拉站在房間中間，思索著他的五官及態度所勾起的思緒，他的印度衣著和深深尊敬的態度喚醒了莎拉過去的記憶。她現在是個小苦工，廚師在幾個小時前才剛對她惡言相向，所以回想起過去是件很奇妙的事。不到五年以前，她身邊的人對待她的態度都跟那位印度水手一樣。她身邊的人都是僕人與奴隸，他們在她經過時對她行額手禮，在她講話的時候把前額貼到幾乎觸及地板的高度。這些回憶恍若夢境。現在一切都已經結束了，再也回不來了，顯然這些事情再也不可能會發生了。她很清楚敏欽小姐的計畫。在她還沒有大到可以成為正規老師之前，她會被當作負責打雜的小孩，但與此同時，敏欽小姐要她記住她所學過的所有知識，並且用不知該從哪裡空來的時間繼續學習更多知識。她應該要把每天晚上都拿來學習，敏欽小姐會不定期地檢查她的進度，只要沒有達到敏欽小姐的預期，她就會被嚴重警告一番。敏欽小姐其實知道，莎拉太渴望學習了，所以根本不需要老師來教她，只要給她書本，她就會狼吞虎嚥地讀完，並把所有知識熟記於心。再過幾年之後，她或許就可以把莎拉當作可以教授各種課程的老師了。到時候事情會變成這樣：等到她的年齡夠大之後，她就會變成輾轉於各個教室授課的苦工，就像她現在要在房子的各個角落當苦工一樣。學校的人會提供一些比較體面的衣服，但絕對要夠樸素、夠醜，讓人一眼看出她是個僕人。她的未來只能如此。莎拉靜靜地佇立在房間裡，思索著這件事。

接著，她突然靈光一閃，臉上重新有了血色，眼睛中再次散發出神彩。她挺直了瘦小的身軀，輕輕抬起頭。

「不論將來會怎麼樣，」她說，「都不能改變一件事。就算我衣衫襤褸，我也要在心中成為公主。穿金戴銀的時候要當公主是件很容易的事，但是在沒人知道我是公主的情況下當公主，才是真正的成就。瑪麗・安東妮被關在牢裡的時候也沒有皇冠，只有一席黑色長袍。她連頭髮都白了，那時候人們還把她稱之為卡佩寡婦來汙辱她。

比起開開心心享受奢華事物的她，那時的她反而更有皇后風範。我最喜歡她被關起來時的態度了。那些怒吼的群眾都嚇不倒她，就算她最後被他們斬首示眾，她還是比那些人還要強大。」

這不是莎拉第一次有假裝公主的想法了，她在過去這段時間常常這麼想。這個想法能在難過的日子裡安撫她，讓她能在臉上維持一副讓敏欽小姐十分惱怒的表情。敏欽小姐無法理解莎拉的這種表情，就好像她的心靈生活能讓她將世上的一切都置身事外一樣。她好像聽不見別人對她尖酸刻薄的言語，就算聽到了也毫不在意。敏欽小姐有時會在對莎拉發表一些刻薄又專橫的批評時，發現莎拉用平靜而成熟的眼神凝視著她，那雙眼睛裡似乎還蘊含著愉悅的驕傲。敏欽小姐不知道，這個表情代表莎拉正在對她說：

「妳並不知道妳是在對一位公主說這些話，只要我願意，我可以揮揮手，命令其他人把妳拖出去處以極刑。我之所以要赦免妳，是因為我是一位公主，而妳只是個可憐、愚蠢、惡毒、粗魯的老東西，妳什麼都不懂。」

這種想法是最能讓莎拉開心的事，雖然想像自己是位公主似乎非常古怪，但是這種想像能讓她感到安慰，而且對她來說也是件好事。她在心中抱持著這種想法時，那些粗魯的惡意便無法將她變成心懷惡意的粗魯小孩。

「公主必須要以禮待人。」她對自己說。

因此，當僕人們學著他們的主人敏欽小姐用傲慢的態度指使莎拉時，她會揚起頭，用禮貌的態度回應。僕人們常因此而乾瞪著她看。

「那個小年輕人，她的態度跟氣質就像她來自白金漢宮一樣，」廚師有時會笑著說，「我簡直太常跟她發脾氣了，但要我說呀，她從來沒有忘記她的禮貌過。『廚師女士，麻煩妳一下。』『廚師女士，請妳幫個忙好嗎？』『廚師女士，不好意思。』『廚師女士，能請問妳一件事嗎？』她把這些話兒當作日常生活啦。」

在遇見拉姆達斯和猴子的隔天早上，莎拉到教室去教導她的小小學生。在授課完畢後，她一邊整理法語課本一邊想著各種地位顯赫的人士在隱姓埋名時遇到的事情，像是阿爾弗雷德大帝曾因為烤焦了一位牧牛人妻子的麵餅而被一巴掌打在耳朵上。那位牧牛人的妻子在得知真相的時候想必嚇壞了。如果敏欽小姐發現莎拉——這個腳趾頭快要戳出不合腳靴子的小女孩——是個真正的公主的話，她會有何反應呀！莎拉現在的眼神正是敏欽小姐最討厭的那種。敏欽小姐就站在她的身邊，她覺得莎拉不應該有這種神色，所以她氣得一巴掌打在莎拉的耳朵上——就像牧牛人的妻子對阿爾弗雷德國王所做的事一樣。莎拉嚇了一跳。她嚇得從幻想中回到現實，在緩過呼吸後，她呆立了片刻，接著不由自主地小聲笑了出來。

「妳這魯莽又無禮的孩子在笑什麼？」敏欽小姐質問。

莎拉花了好幾秒才控制住自己的脾氣，記起自己是個公主。她的臉都紅了，被打的地方不斷傳來劇烈的疼痛。

「我在想事情。」她回答。

「立刻請求我原諒妳。」敏欽小姐說。

莎拉在回答前遲疑了幾秒。

「如果我的笑聲很無禮的話，我會請妳原諒我。」她說，「但是我不會請妳原諒我想事情這件事。」

「妳在想什麼事？」敏欽小姐責問道，「妳憑什麼想事情？妳在想什麼事？」

潔西竊笑著和拉維妮亞互相用手肘推了推對方。所有的女孩都抬起頭，把視線從課本轉移到莎拉身上。每次敏欽小姐責罵莎拉的時候，她們都覺得很有趣，因為莎拉總是會回覆一些奇怪的話，敏欽小姐的責罵從來沒有讓她害怕過。她現在就一點懼怕的樣子也沒有，她的耳朵被狠狠打了一下之後變成了赤紅色，但她的眼睛卻閃爍著像星星一樣的光芒。

「我在想，」她坦白而有禮地回答，「妳根本不知道自己在做什麼。」

「我不知道自己在做什麼？」敏欽小姐狠狠地倒抽了一口氣。

「對，」莎拉說，「我在想如果我是個公主的話，妳打我的耳朵之後會發生什麼事——我應該怎麼處置妳。我在想，如果我是公主的話，不管我的言行舉止如何，妳都不會膽敢打我。我在想，如果妳突然發現這件事的話，妳會有多震驚、多恐懼。」

她想像中的未來無比清晰，歷歷在目，因此她說話的態度讓敏欽小姐動搖了。在敏欽小姐狹隘而毫無創造力的腦袋中，她幾乎要相信這個直言不諱的可愛小孩真的擁有某種力量了。

「什麼事？」她質問，「發現什麼事？」

「發現我真的是個公主，」莎拉說，「而且我可以做任何我想做的事——只要我高興。」

教室裡每個人都雙眼圓睜。坐在位子上的拉維妮亞將身體前傾，想看得更清楚。

「回去妳的房間，」敏欽小姐激動得快喘不過氣來了，她大聲說道，「立刻回去！離開這間教室！小姐們，專心看妳們的課本！」

莎拉輕輕欠身鞠躬。

「如果我剛剛的笑聲很失禮的話，請容我道歉。」她說完便走出教室，把敏欽小姐留在教室裡兀自發怒，而其他女孩們則不斷越過課本互相竊竊私語。

「妳看到了嗎？妳看到她有多奇怪了吧？」潔西激動地說，「就算現在有人告訴我她真的是公主，我也一點都不會驚訝。她的表現的確像個公主。」

第十二章　在牆的另一邊

住在一棟棟房子都比鄰而立的街區時，隔壁房間和你所住的房間只有一牆之隔，想像隔壁房間裡發生了什麼事或者裡面的人說了什麼話，會是一件十分有趣的事。印度先生的房子與菁英學院中間只隔著一面牆，莎拉常想像印度先生的房子裡面正發生著什麼事，這是她很喜歡的娛樂之一。她知道學生們的教室隔壁剛好就是印度先生的書房，她希望這面牆壁夠厚，如此一來，下課時間的吵鬧聲才不會打擾到印度先生。

「我越來越喜歡他了，」她對艾曼加德說，「我不希望他被我們打擾，我把他視為我的朋友。妳是可以和從來沒有說過話的人成為朋友的，妳可以看著他們、想著他們、擔心著他們，最後妳會覺得他們就像是妳的親人一樣。只要看到隔壁在一天之內叫了兩次醫生，我就會很擔心。」

「我的親人很少，」艾曼加德思考著，「但我覺得這是件好事。我不喜歡我的親人。我的兩個嬸嬸一天到晚跟我說『天啊，艾曼加德！妳好胖，妳不應該再吃甜食了。』我的叔叔則一天到晚問我『愛德華三世是哪一年登基的？』或者『因為吃太多八目鰻而死掉的人是誰？』之類的問題。」

莎拉笑了起來。

「從來沒跟妳說過話的人沒辦法問妳這些問題，」她說，「而且我很確定，就算印度先生跟妳很熟，他也不會問這種問題。我很喜歡他。」

莎拉喜歡大家庭的原因是他們看起來很快樂，但她喜歡印度先生的原因則是因為他看起來很不快樂。他顯然生了很重的病，直至現在都尚未完全康復。廚房裡的僕人──他們向來能透過神祕的管道打聽到所有消息──近來時常討論到這位新鄰居。他其實並不是印度人，而是住在印度的英國人。他遇到了十分不幸的意外，導致他財產有一度危在旦夕，他當時以為自己的一切都毀了，他的生活將只剩下恥辱。這件事讓他太過震驚，以至於他差點因為神經衰弱而過世。自從他因為健康狀況而無暇顧及其他之後，他的運氣又突然好了起來，所有的財產又都回歸到他的名下了。聽說他遇到的意外和礦坑有關。

「是裡面有鑽石的礦坑呢！」廚師說，「不想因為採礦賠錢的最好方法就是不要投資採礦──尤其是鑽石礦，」她瞥了莎拉一眼，「我們都知道**那種**礦是怎麼回事兒。」

「他的遭遇就跟我爸爸一樣，」莎拉想，「他還跟我爸爸一樣生病了，但是他還活著。」

她的心靈向他靠得更近了。現在她偶爾會因為晚上被叫出去跑腿而感到開心，因為晚上出去的話，她就有機會在隔壁的窗簾還沒拉起來的時候，看一眼隔壁溫暖的房間，看看她的朋友。街道上空無一人時，她會停下腳步，隔著鐵柵欄在心中向他道聲晚安，彷彿這樣他就能聽見。

「說不定你雖然聽不到，但其實能**感覺**到，」她用熱切而低微的聲音訴說著自己的想像，「說不定善良的思想會透過某種方法穿越窗戶、穿越大門、穿越牆壁，傳遞給你。說不定我站在寒風中祝福你能再次恢復健康快樂的時候，你會感覺到一點點的溫暖和安慰，只是你不知道原因。我替你感到遺憾，真希望你也有個『小小姐』能安慰你，就像我在爸爸頭痛時安慰他一樣。可憐的先生，我願意成為你的『小小姐』！晚安了——晚安，願上帝保佑你！」

她在說完這些話離開的時候，會在心中感到些許的安慰與溫暖。她總是看到隔壁的先生獨自一人坐在靠近壁爐的扶手椅中，身穿奢華的睡袍，一手支著前額，絕望地凝視著火焰。她的同理心十分強烈，因此每次看到他，她都覺得自己**必須**跟他說說話。莎拉覺得他看起來好像依舊憂心如焚，不像一切問題都解決了的樣子。

「他看起來好像在思考一些讓他就連**現在**都很傷心的事情，」莎拉自言自語道，「但是他已經把錢都賺回來了，他的神經衰弱也會慢慢痊癒，他不應該傷心才對呀。我猜一定有一些別的事情讓他感到難過。」

如果真的有別的事情，那些連僕人都打聽不到的事情，她相信大家庭的爸爸一定知道是什麼——莎拉稱他為蒙摩倫西先生。蒙摩倫西先生常常去探望他，蒙摩倫西太太和他們的孩子則是偶爾才會過去。他似乎特別疼愛蒙摩倫西先生家那兩位比較年長的女孩——也就是之前看到唐納拿六便士給莎拉時十分擔心的兩名女孩，珍妮特和諾拉。他心中對所有小孩都存有一份溫柔的情感，尤其是小女孩。珍妮特和諾拉都很喜歡他，他也一樣很喜歡她們。兩名小女孩總是很期待能有幸在下午的時候跨越街道去拜訪他。他們每次去拜訪都必須十分溫文有禮，因為他還有病在身。

「他真是太可憐了，」珍妮特說，「他說我們讓他覺得開心呢。我們要用很安靜的方式讓他覺得開心才行。」

珍妮特是家中的領導者，她負責讓一切事物依序進行。她會決定什麼時候才適合請印度先生說印度的故事，並在印度先生看起來疲倦的時候帶大家悄然離開房間，請拉姆達斯進去服侍他。他們都很喜歡拉姆達斯。要是拉姆達斯會說印度語之外的語言的話，他就可以告訴他們數不清的故事了。印度先生的真名叫做凱瑞斯夫，珍妮特向凱瑞斯夫先生講過他們在路上巧遇「不是乞丐的女孩」的故事，他對此很感興趣，之後他又聽到拉姆達斯告訴他猴子在屋頂的那場冒險。拉姆達斯非常準確地描述了閣樓房間裡有多麼冷清——空曠的地板、掉漆的白牆、生鏽又空無一物的壁爐，還有一張又窄又硬的小床。

「卡麥可，」他在聽完拉姆達斯的描述後，對大家庭的父親說，「我一直在想，當我躺在枕頭上，煩惱著手頭上這筆大部分根本不屬於我的財富時，這個街區裡有多少頂樓四壁蕭條，有多少苦命的小女僕要睡在那麼糟糕的床上呢？」

「親愛的朋友啊，」卡麥可先生愉快地回答，「你越快把自己從這份痛苦中解放出來，你就越快能善用這筆財富。就算你擁有全印度的財富，你也沒辦法糾正世上所有的不公義之事，就算你替這個街區的每個閣樓都添置家具，你也不可能幫這世界上所有的閣樓添置家具呀。事實就是如此！」

凱瑞斯夫先生坐在椅子上咬著指甲，凝視著壁爐裡燒得發紅的煤炭。

「你覺得，」他在停頓了一下之後，緩慢地說道，「你覺得那個小孩——那個我沒有一刻不想著的小孩——會不會、會不會**有可能**也落到這樣的下場呢？就跟隔壁那個可憐的小東西一樣。」

卡麥可先生不安地看著他。他知道凱瑞斯夫正在做的事會嚴重傷害凱瑞斯夫他的身體、他的理智和他的健康，他正在用異常的方式推斷那個特定對象的下落。

「如果巴黎的芭絲卡夫人學校中那位孩子是你在找的人的話，」他語帶安撫地說，「她現在應該已經被能夠好好照顧她的人接走了。他們會收養她，是因為她是他們死去的小女兒的好朋友。他們沒有別的孩子了，芭絲卡夫人也說他們是很善良的俄國人呀。」

「那個可惡的女人根本不知道他們把小孩帶去哪裡了！」凱瑞斯夫先生厲聲道。

卡麥可先生聳聳肩。

「她是個世故狡猾的法國女人，顯然很樂意能順利擺脫這個小孩，畢竟在孩子的父親過世之後，她就沒有金錢來源了。這種人向來不會在意變成負擔的孩子會有什麼樣的未來。那對養父母已經消失得無影無蹤了。」

「但你剛剛說的是『如果那個孩子是我在找的人的話』，你說的是『如果』。我們沒辦法確定到底是不是她，她的名字並不是完全正確的。」

「芭絲卡夫人的發音比較像柯魯，而不是克魯——但那有可能只是口音的問題。那個孩子的遭遇很符合呀，一位來自印度的英國長官把沒有母親的孩子帶去學校讀書，在破產後就突然過世了。」這時卡麥可先生停頓了一下，似乎突然想到了什麼，「你**確定**那個孩子的學校在巴黎嗎？你確定是巴黎嗎？」

「我親愛的朋友啊，」凱瑞斯夫彷彿正承受著永無止境的痛苦，他崩潰似地說，「我什麼都**不確定**。我從來沒有見過那個孩子和她的母親，拉爾斐・克魯跟我情同手足，但我們畢業後就各奔東西，直到我前往印度才再次與彼此見面。我太沉迷於採礦帶來的動人希望了，他也漸漸變得跟我一樣沉迷，我們在採礦巨大的魅力面前幾乎失去了理智。我和他見面時很少談論採礦之外的事，我只知道他把小孩送到某個國家的學校去了。我現在甚至記不起來我是**怎麼**知道這件事的。」

他越來越激動。每當他病弱的大腦想起與過去的不幸相關的記憶時，他總是會陷入激動的情緒。

卡麥可先生焦慮地看著他。他必須要再問幾個問題，但是一定要用很平靜、很謹慎的方式問出口。

「那麼你應該有理由認為那間學校**在**巴黎吧？」

「有，」凱瑞斯夫先生回答，「因為她的母親是法國人，我聽說她希望能讓她的孩子在法國受教育，所以那個孩子似乎只有可能會在那裡。」

「是的，」卡麥可先生回答，「在法國的機率很大。」

印度先生身體前傾，用修長而枯瘦的手敲了敲桌子。

「卡麥可，」他說，「我**必須**找到她。如果她還活著的話，她一定在某個地方。

如果她現在無依無靠、身無分文，那就都是我的錯。我心中一直想著這件事，你說我怎麼可能會康復呢？採礦的事情遇到轉機後，我們所有的美夢都成真了，但是克魯那可憐的孩子現在有可能正在某條街上乞討！」

「不，不，」卡麥可說，「冷靜下來。只要你找到她之後，你就能把這筆財富交給她了呀，想想這個事實，你要冷靜。」

「為什麼我沒有在情況惡化的時候堅持住呢？」凱瑞斯夫暴躁而痛苦地呻吟，「如果我不用對別人投資的錢負責，只要對自己的錢負責的話，我一定會堅持住的。可憐的克魯把他名下的每一分錢都投進這個計畫裡了，他那麼相信我——他那麼愛我。但他在死前只能一心想著我毀了他的人生——我——湯姆．凱瑞斯夫，跟他在伊頓公學一起玩板球的那個男孩。他一定覺得我是個罪大惡極的傢伙！」

「不要太過自責了。」

「我自責的原因不是這樁投機買賣差點失敗了——我自責是因為我喪失了勇氣。我像騙子和小偷一樣逃走了，只因為我沒有勇氣面對我最好的朋友，告訴他我毀了他和他孩子的人生。」

大家庭的善良父親安慰地把手放在他的肩膀上。

「你會跑走是因為你被壓力折磨到身心都失常了，」他說，「你那時已經精神錯亂了。如果你沒有錯亂的話，你必定會留在那裡奮戰到底的。你在離開的兩天後就被送進了醫院，用皮繩綁在床上，因為神經衰弱而不斷囈語。你要記住這件事。」

凱瑞斯夫把額頭埋在手掌裡。

「天啊！沒錯，」他說，「我那時被擔憂與恐懼折磨到發瘋了。我有好幾個星期都睡不著覺，每天晚上我拖著腳步走出房子的時候，都聽到空氣裡有各種恐怖的東西在嘲笑我、說我的壞話。」

「這就足以解釋你的行為了，」卡麥可先生說，「一個深受神經衰弱折磨的人怎麼有辦法做出理智的判斷呢！」

凱瑞斯夫搖了搖他低垂的頭顱。

「我恢復意識的時候，可憐的克魯已經過世了——應該說已經下葬了。那時我好像什麼也記不起來，我在好幾個月之後才想起來他有個孩子。但就算我想起了她的存在，其他的記憶依舊是一團亂。」

他停頓了一下，摸了摸自己的前額。「我現在試著回想的時候才突然覺得他好像說過這件事，我一定有聽他說過他把孩子送到哪間學校去，你不覺得嗎？」

「他可能沒有很明確地跟你說過孩子的事吧，你從來都沒有想起那個小孩的名字過。」

「他總是用他幫那孩子取的奇怪暱稱稱呼她，叫她『小小姐』。但是那可惡的採礦計畫讓那時的我們心中裝不下別的東西，我們很少談論採礦之外的事。就算他有說過學校的名字，我也忘了——我把這些都忘了，現在我再也想不起來了。」

「好了，好了，」卡麥可說，「我們會找到她的。我們可以繼續找芭絲卡夫人說的那對善良俄國人。她隱約記得他們好像住在莫斯科，我們可以依循這個線索找到她，我會親自去莫斯科。」

「如果我能出遠門的話，我一定會跟你一起去。」凱瑞斯夫說，「但是我只能坐在這裡，裹著毛皮毯凝視著火堆。我覺得看著火堆的時候，可以在裡面看見克魯年輕而愉悅的臉龐回望著我。他的表情看起來像是在問我一個問題。我有時候會在午夜時分夢見他，他總是站在我面前，一直問著同一個問題。卡麥可，你猜得到他問的是什麼問題嗎？」

卡麥可先生回答的聲音十分低沉。

「我不知道。」他說。

「他總是對我說：『湯姆，老朋友——湯姆——小小姐在哪裡呢？』」他緊緊抓住卡麥可的手，「我一定要好好回答他這個問題——我一定要回答啊！幫我找到她吧，幫幫我吧。」

在牆的另一邊，莎拉正坐在閣樓的地板上，和跑出洞吃晚餐的麥奇賽德說話。

「麥奇賽德，做公主真是件困難的事，尤其是今天，」她說，「今天比平常還要難多了。天氣越來越冷，街上越來越滑，這讓做公主也變得越來越難了。今天我跟拉維妮亞擦肩而過的時候，她嘲笑了我沾到泥濘的裙子，我立刻就想好我要怎麼回嘴——但我即時停了下來。如果你是個公主，你是不會那樣對嘲諷你的人回嘴的。但是你必須要咬住舌頭才有辦法抑制回嘴的衝動。我今天就咬住了我的舌頭。今天下午真冷啊，麥奇賽德。今天晚上也好冷啊。」

她突然把頭埋進手臂裡，這是她獨處時很常做的動作。

「噢，爸爸，」她絮絮低語著，「距離我是你的『小小姐』的日子已經好遠好遠了！」

這便是這面牆壁的兩邊所發生的事。

第十三章　平民百姓

這年的冬天對莎拉來說十分艱苦。有好幾天她都必須要在出門跑腿的時候踩著積雪蹣跚而行。在雪融了之後，雪水和泥土融合成泥濘，比積雪時更糟。有幾天則起了大霧，街上的路燈整天都亮著，倫敦看起來就像好幾年前莎拉初次乘著出租馬車到來的模樣，那時莎拉一路上都縮著腳坐在座位上，靠著她父親的肩膀。在這樣的日子裡，大家庭的窗戶顯得更加歡欣、舒適且迷人，印度先生的書房閃爍的火光也顯得更加溫暖、更加奢華。而莎拉的閣樓則糟糕得不堪言狀。對莎拉來說，冬天裡幾乎沒有日升日落的美景可看了，也很少會看到星星。天窗外灰沉沉的雲朵壓得很低，看起來就像泥濘的顏色，外面不是陰天就是傾盆大雨。就連沒有起霧的日子，天色也會在下午四點完全昏暗下來。如果莎拉必須在下午四點之後回到閣樓的話，她就必須要點上蠟燭才能看得清楚。廚房裡的女人因為天氣而鬱鬱寡歡，脾氣變得比以往還要暴躁。貝琪被使喚得團團轉，像個小奴隸一樣。

「小姐，要不是有妳的話，」她在某一晚偷溜進莎拉的房間後，聲音沙啞地說，「要不是有妳、有巴士底監獄和隔壁牢房的囚犯，我一定早就死了。現在這些想像都更像是現實了，對不對？敏欽小姐每天都會變得更像獄卒一點，我覺得自己好像看見了妳說她會隨身攜帶的那串大鑰匙，而廚師則是在她手下做事的看守員。小姐，請妳再跟我多說一點吧——跟我說我們在牆下面挖的那個地下通道吧。」

「我要跟妳講一些比較溫暖的故事，」莎拉簌簌發抖，「用妳的被單把自己裹起來，我也會用我的被單把自己裹住，我們可以在床上倚靠著彼此，我再告訴妳印度先生的猴子以前曾經居住過的熱帶森林的故事。每當我看到牠坐在窗戶旁的桌子上，一臉意志消沉地看著窗外的街道時，我都覺得牠一定是在回想那座熱帶森林，牠在森林裡可以靠著尾巴在椰子樹之間遊蕩。不知道是誰把牠抓來這裡的，說不定牠還有必須靠牠採食椰子才能活下去的家人，但牠們都被留在森林裡了。」

「小姐，這個故事聽起來的確很溫暖呢，」貝琪感激地說，「不過，不知道為什麼，妳告訴我巴士底監獄的故事時，我也會覺得溫暖。」

「因為聽故事能讓妳轉移注意力，」莎拉用被單把自己緊緊裹住，只露出一顆黑色的頭顱，「我之前就注意到這件事了。當妳的身體感到痛苦的時候，妳要做的事就是思考別的事情，轉移注意力。」

「小姐，妳能做得到嗎？」貝琪一邊說話一邊發抖，但眼中閃爍著欽慕的光芒。

莎拉皺起了眉頭。

「有時候可以，有時候不行。」她堅定地說，「但只要我**可以**轉移注意力，我的感覺就會好很多。我相信，只要我們多練習，我們就可以隨時隨地轉移注意力。我最近常常練習，所以現在要轉移注意力變得比以前容易多了。每次碰到討厭的事情——真的很討厭的那種——我就會用盡全力去想像我是個公主。我告訴自己：『我是個公主，而且還是仙女公主，因為我是仙女，所以沒有任何事情能傷害我或者讓我感到不適。』這種想法能讓我對很多事無介於懷。」她輕笑出聲。

她有很多機會能讓自己想一些別的事情，也有很多機會能證明她是不是一位公主。但其中有一個考驗最最艱難，她時常在往後回想起那個糟透了的日子，直至許多年後都未曾忘記。

那是一個陰沉的雨天，已經連續下了好幾天的雨，街上寒冷而溼滑，滿是沉鬱而冰冷的霧氣，地面到處都是泥濘——就是那種黏稠的倫敦泥土——細雨和濃霧籠罩著所有事物。想當然耳，莎拉被交代了無數項冗長又費力的工作——每次遇到這種天氣她就要出門跑腿好幾次——她出門的次數太多了，連身上破舊的衣服都溼透了，頭上那頂悲慘的舊帽子上的可笑羽毛因為太過潮溼而垂落下來，看起來荒謬至極，她踩在腳上的鞋子已經溼到不可能再吸收任何一滴水分了。除此之外，她還沒有晚餐可以吃，只因為敏欽小姐想要處罰她。她感到飢寒交迫，筋疲力竭，臉色變得非常憔悴，讓不少擦肩而過的好心路人紛紛對她投以同情的目光。莎拉對此一無所知，她正忙著讓自己轉移注意力。在這種時候，她必須去思考一些別的事情，她竭盡僅存的心力去「假裝」和「想像」。不過這一次的假裝和想像比以往都還要難，她有幾次甚至發現，轉移注意力不但沒有讓情況改善，反而讓她變得更冷、更餓。但她依舊固執地堅持著。泥水不斷滲進她破了洞的鞋子裡，寒風好像快把她身上的外套吹走了，她一邊走路一邊悄悄對自己說話，小聲得幾乎沒有移動嘴唇。

「假裝我穿著乾爽的衣服，」她想，「假裝我穿著一雙好鞋、一件厚實的長大衣和一雙美麗諾羊毛襪，手上拿著一把完好的傘。假裝、假裝在我經過正在賣麵包的麵包店時，我會剛好找到六便士——這一枚無主的六便士。**假裝**我撿到了六便士，再走進麵包店裡，買下六塊熱騰騰的麵包，一口氣把麵包統統吃掉。」

這世界上有時會發生一些十分奇妙的事。

莎拉這時遇到的就是一件非常奇妙的事。她在自言自語著這些話的時候，正好穿越了一條街道，地上滿是泥濘——她的腳幾乎都要陷到泥巴裡了。她謹慎地選擇她要走的路線，但幫助不大。不過，在看路的時候，她必須低頭盯著她的腳和泥巴。她凝視著地面——就在她走到對街的人行道上的時候——她看到排水溝裡有東西在閃閃發亮。那是一枚銀幣——被路人踩了好幾腳，但依舊勉力閃爍著光芒的銀幣。那枚銀幣並不是六便士，而是僅次於六便士的東西——一枚四便士銀幣。

莎拉在眨眼間就用凍成了青白色的小手撿起了銀幣。

「噢，」她倒抽了一口氣，「這是真的！這是真的！」

接著令人難以置信的事發生了，莎拉在這時抬起頭，看著面前的那家商店。那家商店正是一家麵包店，店內有一位慈母般的胖女人正愉快地把一盤剛出爐的熱麵包放在櫥窗內——那盤麵包蓬鬆厚實，閃閃發光，裡面加了小葡萄乾。

莎拉在這瞬間幾乎暈了過去——她太震驚於麵包美味的模樣，還有從麵包店的地窖窗戶中飄出的香氣了，那是熱騰騰的麵包剛出爐時的美妙香味。

她知道自己可以毫不猶豫地使用這塊銀幣。顯然銀幣已經掉在泥地裡好一段時間了，原本的擁有者已經消失在匆匆的人流之中，繼續他這天不斷和路人推擠的旅程。

「但我還是會先去問一下麵包店的人，看看她有沒有丟了什麼東西。」她虛弱地告訴自己。她踏上人行道，用溼透了的小腳踏上臺階，這時，她因為看到了一個人而停下了腳步。

那是一個比她還要悽慘的小孩——她穿著破舊的衣服縮在角落，她的衣物短得蓋不到腳，所以她沾滿泥巴的通紅小腳裸露在外。她的頭髮蓬亂地糾結在一起，骯髒的臉上有一雙空洞而飢渴的大眼睛。

莎拉在看到小孩的瞬間就看出了她眼中充滿了飢渴之色，這讓莎拉的同情心油然而生。

「這個孩子，」她輕輕地嘆息一聲，自言自語道，「她是個平民百姓——而且她比我還要餓。」

路邊的孩子——也就是那位「平民百姓」——抬頭看了看莎拉，往旁邊挪動了一下，讓莎拉有空間走過去。她已經習慣了替所有人讓路。她知道如果有警察剛好看到她的話，警察一定會叫她「讓開」。

莎拉緊緊握住手中的四便士，猶豫了幾秒。接著莎拉向她開口了。

「妳是不是很餓？」她問。

路邊的孩子又抓著破舊的衣服往旁邊挪了一點。

「看不出來我很餓嗎？」她用沙啞的聲音說，「看不出來嗎？」

「妳沒有吃午餐嗎？」莎拉說。

「沒有午餐，」她一邊繼續移動，一邊用更沙啞的聲音說，「也沒有早餐——沒有飯吃。什麼都沒有。」

「妳從什麼時候開始沒東西吃的?」莎拉問。

「不知道。今天什麼都沒有——也沒有地方去。我到處問、到處問。」

莎拉光看著她就覺得自己更餓、更虛弱了。但她那些奇異的念頭在她的心中轉著,雖然她感到萬分沮喪,但她還是不斷在心中跟自己對話。

「如果我是公主的話,」她對自己說,「如果我是公主的話——她們在被趕下寶座,萬分窮困的時候,也總是和他人分享——她們在遇到比她們更窮、更餓的平民百姓時,也會和他們分享。」

「等我一下。」她對小乞丐說。

她走進了麵包店裡,溫暖的店內瀰漫著美味的香氣,店內的女人正在把更多熱騰騰的麵包放進櫥窗中。

「不好意思,打擾了,」莎拉說,「請問妳有掉了一枚四便士嗎?一枚銀色的四便士?」

女人看了看那枚銀幣,接著看了看莎拉——她的小臉表情嚴肅,質料上佳的衣著現在十分破舊。

「願上帝保佑妳,我沒有掉錢,」她回答,「這枚硬幣是妳找到的嗎?」

「是的,」莎拉說,「我在排水溝裡找到的。」

「那麼妳就留著吧，」女人說，「那枚硬幣說不定已經掉在那裡一個星期了，天知道那是誰掉的。妳可能永遠也沒辦法找到失主。」

「我知道，」莎拉說，「但我覺得我應該先問問妳。」

「並不是每個人都會這麼做。」女人的表情看起來混雜了疑惑、好奇和親切。

「妳要買些什麼嗎？」她在看到莎拉望著麵包時又問了一句。

「我要買四個麵包，麻煩妳了。」莎拉說，「一便士的那種麵包。」

女人走到櫥窗前，裝了幾個麵包到紙袋裡。

莎拉看到她放進去的麵包有六個。

「不好意思，我是要買四個，」她解釋道，「我只有四便士。」

「我要多放兩個把袋子裝滿呀，」女人表情和善地說，「妳之後一定能吃得下的，妳不餓嗎？」

莎拉的眼眶中泛起了淚水。

「餓，」她回答，「我覺得很餓，我很感激妳的好心，而且——」莎拉本來想要接著說「而且外面還有一個比我更餓的小孩。」但這時店內又進來了兩、三個客人，他們行色匆忙，因此，莎拉只能在再次向女人道謝後走到店外。

小乞丐依然蜷縮在臺階旁的角落。她的衣服又溼又髒，看起來糟透了。她表情痛苦而遲鈍地凝視著前方，莎拉看到她突然舉起烏黑的粗糙小手，用手背抹了抹眼睛，她似乎對自己的眼淚竟強行流出眼眶感到很訝異。她正不斷地喃喃自語著。

莎拉打開紙袋，拿出一個熱騰騰的麵包。這些麵包微微溫暖了她冰冷的小手。

「給妳，」她把一個麵包放在小乞丐蓋著破舊衣物的腿上，「這個麵包是熱的，很好吃。快吃吧，吃完妳就不會那麼餓了。」

路邊的孩子嚇了一跳，抬頭看著莎拉，好像突如其來的好運讓她感到害怕似的。接著，她抓起那個麵包，狼吞虎嚥地塞進嘴裡。

「喔，天啊！喔，天啊！」莎拉聽到她用嘶啞的聲音欣喜若狂地說，「喔，天啊！」

莎拉又拿出了三個麵包，放在小女孩的腿上。

她嘶啞而飢餓的聲音聽起來糟透了。

「她比我還要餓，」她對自己說，「她餓壞了。」但她的手在放下第四個麵包時輕輕顫抖著。「我還不到餓壞了的地步。」她放下了第五個麵包。

在莎拉轉身離開時，貪婪的倫敦小乞丐還在狼吞虎嚥地吞吃麵包。她太餓了，就算有人教過她何謂禮貌，她也不會有空和莎拉道謝——更不用說根本沒有人教過她禮貌為何物。她只是個窮困而野蠻的小乞丐。

「再見。」莎拉說。

在她走到對街時，她回頭看了一眼。路邊的孩子兩手各抓著一個麵包，在咬了一口麵包後停下動作，回望著莎拉。莎拉對她輕輕點了點頭，路邊的孩子好奇地凝視著莎拉，用力點了點她頭髮蓬亂的頭顱，直到莎拉離開她的視線之前，她都沒有再咬下一口麵包，也沒有繼續咀嚼。

這時，麵包店的女人正從櫥窗內往外看。

「唉呀，真是意想不到！」她大聲說，「那個年輕的小孩兒把她的麵包給了乞丐啦！絕對不是因為她不想要吃那些麵包。唉呀，唉呀，她看起來餓極了。我真想知道她為什麼要這麼做。」

她站在櫥窗裡面，考慮了幾秒。接著好奇心戰勝了一切，於是她走到門外，開口向小乞丐詢問。

「是誰給妳這些麵包的呀？」她問她。路邊的小孩向莎拉消失的方向點了點頭。

「她說了什麼呀？」女人問。

「她問我是不是很餓。」她用嘶啞的聲音回答。

「那妳怎麼說呢？」

「我說當然餓。」

「然後她就進來店裡，買了麵包，再把麵包給妳了，對不對呀？」

小孩點點頭。

「她給妳幾個麵包呀？」

「五個。」

「她只替自己留了一個麵包，」她輕聲說道，「她明明吃得下六個——從她的眼神就看得出來。」

她看著步履蹣跚的小小身影漸漸消失，覺得這幾天以來一直很安寧的心現在充滿了疑惑。

「真希望她剛剛沒有走得那麼快，」她說，「真是要命，應該要讓她拿一打麵包走才對。」接著她轉向坐在路邊的孩子。

「妳還餓嗎？」她說。

「我還很餓，」她回答，「但沒有剛剛那麼餓啦。」

「進來吧。」女人說完後打開了麵包店的門。

衣著襤褸的小孩站起身，拖著腳步走進店裡。她覺得被允許進入一個放滿麵包的溫暖空間是件不可思議的事。她不知道她進來之後會怎麼樣，而且她其實根本也不在意接下來會怎麼樣。

「讓妳自己暖和一點吧，」女人指著店鋪後方一個小房間裡的火焰，「看看這裡，以後妳要是還需要吃一點麵包的話，妳可以進來這裡，跟我要點麵包吃。真是要命，我以後會為了那個小女孩給妳麵包的。」

最後一個麵包讓莎拉感到些許安慰。無論如何，至少麵包熱呼呼的，好過什麼都沒有。她一邊走，一邊把麵包撕成小塊，慢慢地咀嚼，讓自己能吃久一點。

「假裝這是個魔法麵包，」她說，「咬一口的份量跟一頓午餐一樣多。我要是繼續吃下去的話，就要吃得太飽了。」

她走到菁英學院的街區時，天色已經很暗了，一棟棟房子都點亮了燈。大家庭的百葉窗還沒拉下來，她可以從她常觀察的那扇窗戶瞥見裡面。通常到了這個時候，她會看到蒙摩倫西先生坐在大椅子上，而那群小孩會圍繞著他，一邊講話一邊大笑，有的小孩會倚靠在扶手、他的膝蓋上或是他的身上。這天晚上，那群小孩依舊圍繞著他，但是他並沒有坐在椅子上。他們家發生了一件新鮮事，讓大家都很興奮。顯然有人要去旅行了，而那個人非蒙摩倫西先生莫屬。一輛有篷馬車停在大家庭的門口，車頂上捆著一個大大的旅行皮箱。小孩子圍繞在他們的父親身邊，有的不斷轉圈、有的不斷說話、有的握住他的手不放。表情愉快的美麗母親站在他身邊，似乎在詢問他最後幾個問題。莎拉停下腳步，看著他抱起年幼的小孩親了親，又彎腰親了親年長的小孩。

「不知道他要旅行多久，」她想，「那箱行李很大呢。噢，天啊，他們會多想念他呀！我也會想念他的——雖然他根本不知道我的存在。」

大家庭的門被打開時，她繼續移動自己的腳步——她還記得那六便士呢——她看到了即將出遠門的旅行者走了出來，背後是溫暖而光亮的門廊，年長的小孩子還纏著他問問題。

「莫斯科會都是雪嗎？」小女孩珍妮特問道，「會到處都結冰嗎？」

「你會去坐沒有頂的俄國四輪馬車嗎？」另一個孩子喊道，「你會見到沙皇[4]嗎？」

「我會寫信告訴你們我的所見所聞，」他笑著回答，「我還會把俄國農民和其他事物的圖片都寄給你們看。快回去家裡吧，今天晚上潮溼得嚇人，我寧願跟你們一起待在家裡，也不想去莫斯科。晚安了！孩子們，晚安！願上帝保佑你們！」他跑下臺階，跳進了馬車裡。

「如果你找到那個小女孩的話，記得告訴她我們愛她。」蓋．克萊倫斯在門口的地墊上跳下跳下地大喊。

最後他們回到屋子裡，關上門。

「妳有看到嗎？」他們回屋之後，珍妮特對諾拉說，「不是乞丐的女孩剛剛從門口經過了，她看起來又溼又冷，我看到她回過頭看著我們。媽媽說，她的衣服看起來像是有錢人給她的——因為對有錢人來說，那些衣服太舊了。那間學校的人每次都在這種最糟糕的天氣派她出來跑腿。」

莎拉跨越街道，走上敏欽小姐門前的臺階，覺得自己無比虛弱，搖搖欲墜。

「不知道那個小女孩是誰，」她想，「真想知道他要找的小女孩是誰。」

她吃力地搬著沉重的籃子跨上臺階，與此同時，大家庭的父親正搭著馬車疾速前往火車站。那輛火車將會帶他到莫斯科，他將會在那裡悉心竭力地尋找克魯上校失蹤的小女兒。

4 沙皇：俄國的皇帝。

第十四章　麥奇賽德的所見所聞

就在莎拉撿到四便士的這天下午，她一出門辦事，閣樓房間裡就發生了一件奇怪的事。只有麥奇賽德見到了這件事，牠那時太害怕也太困惑了，立刻一溜煙地躲回了洞裡，在裡面一邊發抖，一邊萬分警覺地偷偷向外瞄，看看到底發生了什麼事。

莎拉一大清早離開房間後，閣樓就陷入了一片寂靜，接著外面又下起雨來，雨點滴滴答答打在天窗和屋瓦的聲音打破了這種寂靜。麥奇賽德覺得今天有點無聊。雨停了之後，寂靜再次占領了整個房間。雖然依據麥奇賽德的經驗來看，莎拉還要好一陣子才會回來，但牠還是決定要出洞四處偵查一番。牠四處亂跑亂嗅了好一陣子，意外發現了上一餐不知為何被牠遺落的一塊麵包屑，但就在這個時候，屋頂上忽然傳來了一點聲響，讓牠轉移了注意力。他停下動作，心臟緊張地跳個不停，牠聽到那個聲音漸漸往屋頂移動，接著慢慢接近天窗，然後停在天窗旁。天窗被神祕的人打開了。一張黝黑的臉龐從天窗望進閣樓，接著他後面又出現了另一張臉，兩張臉上的表情都十分謹慎又好奇。兩個男人站在屋頂上，正準備要悄悄從天窗進到閣樓裡面。其中一個人是拉姆達斯，另一個年輕人則是印度先生的祕書。但是想當然耳，麥奇賽德對這兩人的身分一無所知。牠只知道有人打擾了閣樓的寧靜與隱私。膚色黝黑的男人輕巧靈敏地從天窗中跳下來，降落時一點聲響都沒有。麥奇賽德馬上倉促地轉身跑回洞穴中。牠嚇破了膽子，雖然牠在面對莎拉時不再膽小，但那是因為牠知道莎拉不會向牠丟麵包屑之外的東西，她只會發出輕柔好聽的口哨聲，但靠近陌生人就是一件非常危險的事了。牠趴在進入牠家的洞穴口，這個位置讓牠剛好可以用牠明亮而警覺的眼睛從縫隙往外看。我沒辦法確定牠聽懂了多少兩個男人的對話內容，但就算牠能完全聽懂，牠也很有可能依然感到十分困惑。

瘦小的年輕祕書用和拉姆達斯一樣輕巧的動作穿越天窗，他剛好看到了麥奇賽德一閃而過的尾巴。

「那是老鼠嗎？」他用氣音詢問拉姆達斯。

「是的，大人，那是老鼠。」拉姆達斯也用氣音回答，「牆壁裡還有很多隻。」

「噁！」年輕人說，「那孩子還沒被嚇死真是太不可思議了。」

拉姆達斯比了個手勢，同時恭敬地微笑著。雖然他只和莎拉說過一次話，但他現在要代表她發言。

「大人，這孩子是所有生物的朋友，」他回答，「她跟別的孩子不一樣。我在她沒注意到我的時候觀察過她。有好幾個晚上我都從屋頂偷偷跑過來，看她是否平安，我也會在她沒發現的時候從我的窗戶看著她。她會站在這張桌子上仰望天空，好像天空能跟她說話。她一吹口哨，麻雀就會應聲而來。她因為太過寂寞而天天餵食一隻老鼠，後來馴服了牠。這棟房子裡有一個可憐的奴隸會來這裡向她尋求安慰，有一個年幼的孩子總是偷偷來找她，另一個年長的孩子很崇拜她，不論她說什麼都會聽。這是我偷偷從屋頂走過來之後看到的事。這棟房子的女主人是個惡毒的女人，她用對待賤民的方式對待這個孩子，但這個孩子卻依然維持著如同王公貴族般的言行舉止！」

「你好像對她的一切都很清楚的樣子。」祕書說。

「我知道她每天的生活，」拉姆達斯回答，「我知道她什麼時候出去，也知道她什麼時候回來，我知道她的悲傷和卑微的快樂，我知道她總是覺得寒冷和飢餓。我知道她會一個人讀書直到午夜，也知道她的祕密朋友偷溜過來的時候，她會比較快樂——那是在窮困中所能及的最大快樂了——她的朋友來這裡的時候，她會笑著跟她們說悄悄話。如果她生病了，我也一定會知道，要是可以的話，我會過來這裡照顧她。」

「你要很確定除了她之外沒有人會過來這間房間，也要很確定她不會突然回來給我們一個大驚喜。要是被她發現我們在這裡，她會被嚇壞的，凱瑞斯夫大人的計畫也會統統泡湯。」

拉姆達斯靜悄悄地走到門口，站在十分貼近門的位置。

「大人，除了她之外沒有人會上來這裡了。」他說，「她剛剛已經帶著籃子出門了，要好幾個小時後才會回來。只要我站在這裡，一旦有人踏上最下面那接階梯，我就會發現。」

祕書從胸前的口袋拿出鉛筆和筆記本。

「那你要豎起耳朵仔細聽好。」他說完後，便腳步輕緩地繞著這間悲慘的房間走，一邊觀察一邊迅速地做筆記。

首先，他走到窄小的床鋪旁。他用手按了按床墊，十分感嘆地開口。

「簡直硬得跟石頭一樣，」他說，「一定要趁她哪天出門的時候換掉床墊，我們可以特別安排怎麼把床墊搬過來。但這件事沒辦法在今天晚上完成。」他拉起被單，看了看乾癟的枕頭。

「被單又舊又髒，毯子太薄，床罩破了洞，上面還有補丁。」他說，「這哪是可以給孩子睡的床呢——居然還好意思說這棟房子很體面！壁爐裡也已經好幾天都沒有生火了。」他瞪著生鏽的壁爐。

「從我開始觀察這裡以來，這裡從來沒有生過火。」拉姆達斯說，「這棟房子的女主人從來不記得她自己以外的人也會覺得冷。」

祕書在筆記本上振筆疾書了一陣子，接著他抬起頭，撕下一頁筆記放進胸前的口袋裡。

「這個計畫真是太奇怪了，」他說，「誰想出來的？」

拉姆達斯一臉歉意地向他欠身鞠躬。

「大人，這件事一開始是我提出來的，」他說，「但這只是一個想像而已。我很喜歡這個孩子，我們都很寂寞。她曾向她的祕密朋友訴說她的想像。我有一天晚上覺得心情不好，便躺在敞開的天窗旁聽她說話，那時她向朋友描述了這個淒涼的房間充滿富足家具之後的樣子。她講話的時候就像真的看見了她的想像一樣，她在描述的時後變得很開心、很興奮。她說完這個想像之後的第二天，大人生病了，他的心情變得很差，所以我把這個故事告訴他，想讓大人高興。他對這個孩子越來越感興趣，常常問我一些跟這孩子有關的問題。至少讓這孩子的想像成真能讓他覺得開心一點。」

「你覺得我們有可能在她睡著的時候執行這個計畫嗎？要是她醒來的話呢？」祕書質疑道。顯然不管這個計畫的來源為何，祕書現在跟凱瑞斯夫大人一樣對這個計畫很感興趣了。

「我可以像走在天鵝絨上一樣安靜，」拉姆達斯回答，「而且小孩子一向都睡得很熟——就算是不快樂的小孩也一樣。要是有需要的話，我可以在同一個晚上進出這個房間好幾次，她也不會察覺，連翻身不會翻一次。如果能有搬運工在窗戶外面把東西遞給我的話，我就可以在不驚動她的狀況下完成這個計畫。等到她醒來之後，她會以為有魔術師來過這裡。」

他笑了起來，好像白袍底下的心臟流過了一股暖流一樣，而祕書也對他回以一笑。

「這簡直就像《一千零一夜》裡面的故事，」他說，「只有東方人能想出這種計畫，這個故事不屬於充滿霧氣的倫敦。」

他們兩人並未久留，這讓麥奇賽德鬆了一口氣。牠可能並不理解這兩人的對話內容，因而覺得他們的動作非常可怕。年輕的祕書似乎對房間裡的一切事物都很感興趣，他記錄了地板、壁爐、壞掉的凳子、老舊的桌子、牆壁——他最後一遍遍地用手摸著牆，滿意地在上面找到不少老舊的釘子。

「你可以在這上面掛些東西。」他說。

拉姆達斯神祕地笑了笑。

「她昨天出門的時候，」他說，「我帶著一些銳利的小釘子進來過，那些釘子不用槌子就可以釘進牆壁裡面。我在有需要的牆面上都釘上釘子，牆壁已經準備好了。」

印度先生的祕書駐足在原地環顧一圈，同時把他的筆記本放回口袋裡。

「我已經做好筆記了，我們可以走了。」他說，「凱瑞斯夫大人的心腸真的很善良，沒有找到消失的小孩真是太遺憾了。」

「只要他找到那個小孩之後，他的力量就會恢復了。」拉姆達斯說，「他的神會把小孩帶領到他面前的。」

他們再次悄然無聲地從剛剛溜進來的天窗爬了出去。麥奇賽德在確定兩人都走了之後，心中如釋重負，牠又多等了幾分鐘，直到覺得一切都安全之後，才再次跑出洞穴。牠希望就算是這兩個無比謹慎的人類也會在口袋裡放幾個麵包屑，然後不小心掉出個一、兩塊來。

第十五章　魔法

莎拉經過隔壁的房子時，正好遇到拉姆達斯拉下百葉窗，她正好瞥到一眼房間裡的景象。

她的腦中閃過了一個念頭：「我已經很久沒有踏進那麼華美的地方了。」

屋裡的壁爐裡一如往常地閃爍著火焰，印度先生坐在壁爐前，以手支著頭，看起來比往常還要更加寂寞、更加難過。

「真是個可憐的人！」莎拉說，「不知道他在想些什麼。」

事實上，印度先生正在想的事情如下。

「要是，」他想著，「要是——雖然卡麥可追著那些人去莫斯科了——但要是巴黎的芭絲卡太太學校裡的小女生不是我在找的人，要是她之後證明了她是另一個人，那我接下來該怎麼辦呢？」

莎拉走進房子裡的時候，正好碰到下樓來責罵廚師的敏欽小姐。

「妳把時間浪費到哪裡去了？」她質問道，「妳已經出去好幾個小時了。」

「外面太溼了，地上都是泥濘，」她回答，「再加上我的鞋子壞了，走起路來很滑，所以很難走。」

「不要再找藉口了，」敏欽小姐說，「也不准再說謊。」

莎拉走進廚房去找廚師。廚師剛剛才被責備了一頓，心情非常糟糕，她很高興現在有個人能讓她發洩一下怒氣。莎拉一向都是最方便的發洩工具。

「妳怎麼不乾脆整晚住在外面算了。」她怒氣沖沖地說。

莎拉把她買回來的商品放在桌上。

「這是妳要的東西。」她說。

廚師滿腔怒火地一邊抱怨一邊檢查桌上的商品。

「我可以吃點東西嗎？」莎拉虛弱地問道。

「午茶時間早就已經結束了，也收拾完了，」廚師回答，「妳還希望我幫妳把茶點熱著等妳嗎？」

莎拉靜靜地佇立了一秒。

「我沒有晚餐可以吃。」她回答的聲音極輕，她擔心太大聲的話，聲音會開始顫抖。

「儲藏室有一些麵包，」廚師說，「這種時候就只有麵包啦。」

莎拉走進儲藏室，找到了麵包。這些麵包已經放很久了，又硬又乾。廚師還在怒火中燒的狀態，並不打算給莎拉可以配著麵包一起吃的配料。把怒氣發洩在莎拉身上一向是最安全也最方便的方式。對一個小孩子來說，連續爬三層樓的樓梯到頂樓是一件很累的事。莎拉常常在疲憊的時候覺得樓梯變得又長又陡，今天晚上，她更是覺得這幾段階梯好像永遠都到不了頂樓。她在途中不得不停下來休息好幾次。待她終於踏上頂樓之後，她愉快地發現門縫下方有一陣陣搖曳的光芒。這表示艾曼加德又設法偷溜出來找她了，這讓她感到些許安慰。相較於孤獨地走進空蕩蕩的寂寞房間，看到艾曼加德安逸地裹著紅色披肩的肥胖身影會讓她覺得這間房間溫暖得多。

沒錯，她打開門之後看到的正是艾曼加德。她坐在床的中間，把腳縮進了身體下面。她一直沒有和麥奇賽德一家變得親近，不過牠們對她卻很感興趣。她獨自一人待在閣樓裡的時候，她總是這樣坐在床上，直到莎拉回來為止。事實上，這種狀況常常讓她覺得很緊張，原因在於麥奇賽德有時會出現在房裡四處嗅聞，還有一次牠後腳著地地直起身子，向著艾曼加德的方向一邊嗅聞一邊觀察，這讓艾曼加德不由自主地發出一聲低低的驚呼聲。

「噢，莎拉，」她喊到，「我真是太高興妳回來了。麥奇賽德等一下就要過來到處聞了。我試著又勸牠回去，但牠一直不回去，已經好長一段時間了。妳知道我的確很喜歡牠的，但是牠對著我聞的時候真的很嚇人。妳覺得牠**會不會**跳上來？」

「不會。」莎拉回答。

艾曼加德在床上往莎拉爬過去，看著她。

「莎拉，妳看起來**很**累，」她說，「妳的臉色很蒼白。」

「我**的確**很累，」莎拉一屁股坐到歪斜的凳子上，「噢，麥奇賽德在這裡，可憐的小東西。牠是來要晚餐的。」

麥奇賽德像聽出了莎拉的腳步聲一樣，從洞穴中跑了出來。莎拉很確定牠能聽出她的腳步聲。牠帶著親暱而盼望的表情靠近莎拉，莎拉將手伸進口袋，把口袋翻了出來，搖搖頭。

「很抱歉，」她說，「我這裡沒有麵包屑了。麥奇賽德，回家吧，告訴你的妻子我的口袋裡什麼都沒有。因為今天敏欽小姐和廚師很生氣，所以我忘記帶麵包屑回來了。」

麥奇賽德似乎聽懂了。牠有點不甘願，但無可奈何地拖著腳步回家了。

「艾曼加德，我沒有預料到今天能見到妳。」莎拉說。艾曼加德在紅色的披肩中緊抱自己的手臂。

「今天晚上愛米莉亞小姐出去找她的姑姑了。」她解釋，「除了她之外，沒有別人會在我們上床之後進來查房了。只要我想要，我就可以在這邊待到早上為止。」

她伸手指向天窗下的桌子。莎拉在進來之後都還沒有往那邊看過，只見桌上擺著一大疊書。艾曼加德一副垂頭喪氣的樣子。

「莎拉，我爸爸又寄一堆書給我了，」她說，「都在那裡。」

莎拉轉頭之後馬上站起身，她跑到桌子旁，拿起第一本書，飛快地翻閱著書頁。這一刻，她遺忘了她所有的不適。

「啊！」她喊道，「太棒了！是卡萊爾的《法國大革命史》，我一直都**很**想要讀這本書。」

「我一直都不想讀這本書，」艾曼加德說，「要是我沒讀完，我爸爸一定會很生氣。他希望我能在假期回家的時候，把內容統統記住。我該**怎麼辦**才好呢？」

莎拉停下翻閱書頁的動作看向她，臉頰因激動而變得紅潤。

「我知道了，」她叫道，「如果妳把這些書都借我的話，**我**就會把這些書讀完——讀完再告訴妳書的所有內容——而且我會用妳能記得的方式描述這些書。」

「噢，天啊！」艾曼加德高聲道，「妳覺得妳有辦法做到嗎？」

「我確定我可以做到，」莎拉回答，「法語課的小孩子都記得我跟她們說過什麼。」

「莎拉，」艾曼加德的圓臉神彩煥發，「如果妳能這麼做，如果妳能讓我記得的話，我、我什麼都願意給妳。」

「我不想要妳給我其他東西，」莎拉說，「我只想要妳的書——我想要書！」她雙眼圓睜，胸膛不斷起伏。

「那就把書都拿走吧，」艾曼加德說，「真希望我也能喜歡這些書——但我一點也不喜歡。我不夠聰明，但我的爸爸很聰明，他覺得我也應該要很聰明。」

莎拉翻開了另一本書，腦中浮現了些許疑惑，她問道：「妳要怎麼跟妳父親說呢？」

「噢，他不需要知道這件事，」艾曼加德回答，「他會以為我把書讀完了。」

莎拉放下手中的書，輕輕地搖了搖頭，說道：「那就跟說謊一樣，謊話是——嗯，妳要知道，謊話不只很邪惡，而且還是很**粗鄙**的行為。」莎拉認真思索著，「有時候我會覺得說不定我會做出某些邪惡的事——說不定我在敏欽小姐用惡劣的態度對我時，我會突然勃然大怒，把敏欽小姐殺死——但我知道我**不能**做粗鄙的事。為什麼妳不告訴妳爸爸是**我**讀了這些書呢？」

「他希望我自己把這些書讀完。」艾曼加德因為這件事的走向無預期地轉變了而有點沮喪。

「他希望妳能理解書的內容，」莎拉說，「如果我可以用比較簡單的方式告訴妳書的內容，讓妳記起來，我覺得他應該會很開心才對。」

「只有我能用**任何方式**學會所有知識，才會讓他開心。」艾曼加德難過地說，「如果妳是我父親的話，妳也會這麼認為。」

「這不是妳的錯，妳只是——」莎拉說到這裡突然閉上嘴巴，沒有繼續說下去。她本來想說的是「這不是妳的錯，妳只是笨而已。」

「我只是怎麼樣？」艾曼加德問道。

「妳只是沒辦法很快學會這些知識而已。」莎拉修正她的用詞，「如果妳不能很快學會，那就是不能。如果我能很快學會——嗯，那就是能，就只是這樣。」

艾曼加德總是讓莎拉的心中升起一股溫柔的感情，她試著讓艾曼加德覺得能夠很快學會知識跟沒辦法很快學會知識這兩者之間沒有太大的差別。她看著她圓圓的小臉，心中出現了她常想到的那種聰明而老派的念頭。

「或許，」她說，「能很快學會知識不代表一切，對他人和善才是真正重要的事。就算敏欽小姐知道世上的所有知識，但要是她維持現在的所作所為，她就依然是個可惡的人，每個人都會討厭她。很多聰明人都會做一些有害的、邪惡的事。就像羅伯斯比一樣——」

她停了下來，觀察著艾曼加德漸漸變得迷惑的表情。「妳不記得了嗎？」她問，「我不久前有跟妳說過他的故事，我想妳大概是忘記了。」

「嗯，我沒有把故事**全部**都記起來。」艾曼加德承認。

「嗯，那妳等我一分鐘，」莎拉說，「我先把溼掉的衣物脫掉，然後我就可以用被單把自己裹住，再跟妳說一次那個故事。」

她摘下帽子，脫下大衣，把這些衣物掛到牆上的釘子上，接著她脫下溼鞋子，換上一雙老舊的拖鞋。她跳到床上，拉過被單包在肩膀上，然後坐了下來，用手臂抱著膝蓋。

「聽好囉。」她說。

她沉浸在法國大革命的殘酷歷史之中，說的故事讓艾曼加德因為毛骨悚然而張大眼睛，屏住呼吸。雖然艾曼加德覺得很害怕，但在聆聽故事的同時她也感到愉悅與興奮，她應該不太可能再次忘記羅伯斯比了，也不會對德朗巴爾王妃產生任何疑問。

「他們把她的頭插在長矛上到處揮舞，」莎拉解釋，「她有一頭飄逸的金髮，所以我想到她的時候，腦海中的畫面都不是連著身體的頭，而是被插在長矛上的頭，周圍還有很多憤怒的群眾在咆嘯著手舞足蹈。」

兩人一致同意要把她們的計畫告訴聖約翰先生，目前就先把書放在閣樓。

「現在我們來談談別的事情吧，」莎拉說，「妳的法文課的進度怎麼樣了？」

「自從上次上來妳跟我解釋了詞形變化後，我的法文就越來越好了，從來沒這麼好過。我上次回去後，第二天早上敏欽小姐無法理解為什麼我的作業做得那麼好。」

莎拉輕笑出聲，緊緊抱住自己的膝蓋。

「她也無法理解為什麼蘿蒂的加法做得這麼好，」她說，「那是因為她也會偷偷溜上來，我之前教過她加法。」她環顧閣樓一圈，「要是這裡的家具沒有這麼糟糕的話，這間閣樓房間其實很好。」她再次笑了出來，「至少這是個很適合假裝的地方。」

事實上，艾曼加德一點也不清楚閣樓裡的生活有時會痛苦到令人難以忍受，她缺乏豐富的想像力，因此無法生動地想像出那樣的畫面。她偶爾才會上來莎拉的房間一趟，只知道「假裝」遊戲與莎拉所說的故事能帶來的興奮感。她每次來訪都有種冒險的感覺。雖然有時候莎拉看起來很蒼白，而且不可否認的是，她變得非常消瘦，但莎拉驕傲的心靈不允許她對他人抱怨。她從來不曾承認自己會因為飢餓而萬分渴望食物，就像今天晚上一樣。她抽長得很快，時常四處走動與奔跑讓她的胃口極好，就算有定時又豐富營養的餐點都不見得能滿足得了她，更不用說她現在只能依照廚房方便與否，在奇怪的時間點獲得一些粗劣又無法引起食慾的食物了。她年輕的腸胃漸漸習慣了因飢餓而引起的痛楚。

「我想軍人在漫長而疲憊的行軍時一定就是這種感覺。」她常這麼對自己說。她喜歡「漫長而疲憊的行軍」這幾個字，聽起來就像個士兵。她有時候也會有種奇怪的感覺，覺得自己是閣樓的女主人。

「如果我住在城堡裡的話，」她想著，「艾曼加德就是另一座城堡裡的小姐，她來見我的時候，會帶著騎士、護衛和僕從一起騎馬來，還會舉著飄揚的旗幟。我聽到護城吊橋外傳來號角聲時，就會下去迎接她，我會在宴會廳設宴款待他們，還要請吟遊詩人來唱歌、表演和講故事。她來閣樓的時候我沒辦法設宴款待她，但是我可以說故事，不要讓她知道那些不愉快的事。我認為女城主在饑荒或者領地被掠奪時也是這麼做的。」她是個驕傲而勇敢的小小女城主，她慷慨地款待客人她唯一能招待的東西——她幻想的夢境、她看見的景象、讓她感到快樂與安慰的想像。

因此，她們坐在一起時，艾曼加德並沒有察覺莎拉現在又虛弱又飢餓。莎拉在說話的時候斷斷續續地想著，等到剩下她一個人的時候，不知道在這種飢餓的狀態下她有沒有辦法睡著。她覺得自己好像從來沒有這麼餓過。

「莎拉，我真希望我能跟妳一樣瘦，」艾曼加德突然說，「我覺得妳比以前還要瘦。妳的眼睛看起來好大，而且，妳看看妳手肘的骨頭，好尖又好凸出呀！」

莎拉把滑上去的袖子拉了下來。

「我本來就很瘦呀，」她強顏歡笑地說，「而且我的綠眼睛一直都很大。」

「我很愛妳的綠眼睛喔，」艾曼加德溫柔而愛慕地看著莎拉的雙眼，「妳的眼睛看起來就像是看過了很長的路途。我很愛妳的眼睛——我也愛那種綠色——雖然妳的眼睛通常看起來像是黑色的。」

「這是貓咪的眼睛，」莎拉笑著說，「但是我沒辦法在黑暗中用這雙眼睛看清周圍——我之前就試過了，但是我沒辦法在黑暗中看見東西——真希望我可以看得到。」

就在這一刻，天窗上出現了一幕奇怪的景象，但她們都沒有看見。要是她們之中有人剛好抬起頭看向天窗，一定會嚇一大跳。天窗外出現了一張黝黑的臉龐，那張臉小心翼翼地往閣樓裡面看了一眼，接著又跟出現時一樣小聲而迅速地消失了。但是**小聲**並不等同於寂靜無聲。莎拉的聽覺向來十分敏銳，她突然微微轉頭望向屋頂。

「那個聲音聽起來不像是麥奇賽德，」她說，「不像是爪子的聲音。」

「什麼東西？」艾曼加德有點害怕地說。

「妳不覺得有聽到什麼聲音嗎？」莎拉問。

「沒、沒有啊，」艾曼加德結結巴巴地說，「妳有聽到嗎？」

「或許沒有吧，」莎拉說，「但我以為我有聽到什麼聲音。聽起來像是從屋頂傳來的——有東西輕輕走過去的聲音。」

「會是什麼東西？」艾曼加德說，「會不會是——強盜？」

「不會的，」莎拉爽朗地開口說，「沒有什麼好偷——」

她話說到一半就突然打住了，兩人同時聽見了這次讓她閉上嘴巴的聲音。那個聲音不是來自於屋頂，而是來自於樓梯下面，那是敏欽小姐生氣的說話聲。莎拉跳下床，熄滅了蠟燭。

「她在罵貝琪，」她站在黑暗中用氣音說，「她讓她哭了。」

「她會進來這裡嗎？」艾曼加德恐慌地悄聲說道。

「不會，她會以為我上床了。不要動。」

敏欽小姐很少會爬到最頂層的階梯上。在莎拉的印象中，她之前只上來過一次。但現在她似乎氣到至少會爬到這層階梯的一半以上，聽起來像是在驅趕著走在她前面的貝琪。

「妳這個無恥的、說謊的小孩！」她們聽到她說，「廚師說她常常不見東西。」

「女士，不是我啊，」貝琪啜泣著說，「我的確很餓，但不是我啊——絕對不是我！」

「妳根本應該被送去坐牢，」敏欽小姐的聲音說，「侵占和偷竊！整整半個肉派呢！」

「不是我啊，」貝琪哭哭啼啼地說，「我的確能吃掉整個肉派——但我碰都沒有碰過那個派。」

敏欽小姐因為怒氣和爬樓梯而變得氣喘吁吁。那塊肉派本來是她特意拿來當消夜的。她一巴掌打向貝琪的耳朵。

「不准說謊，」她說，「立刻回妳的房間。」

莎拉和艾曼加德都聽見巴掌聲了，接著又聽到貝琪踩著她破舊的鞋子跑上樓梯，再跑進房間裡的聲音。她們聽到她關起門，知道她重重地撲到了床上。

「我可以吃掉整整兩個肉派，」她們聽到她悶在枕頭裡哭著說，「但我一口都沒有吃。是廚師把肉派拿給她的警察了。」

莎拉在一片黑暗中佇立在房間的中間。她緊緊咬著牙，不斷用力地把她的手張開又握成拳頭。她極力忍耐，靜靜站在房間裡，直到敏欽小姐走下樓梯，一切陷入寂靜後，她才敢移動。

「那個可惡又殘酷的女人！」她憤怒地喊道，「廚師自己把東西拿走了之後說貝琪偷東西。她**沒有**偷！她**沒有**偷！她那麼餓，有時候甚至要翻垃圾桶裡的麵包來吃！」她用力地把手摀在臉上，無法抑制的劇烈啜泣起來。艾曼加德聽到了這番非同尋常的動靜，嚇了一大跳。莎拉在哭！那個從不屈服的莎拉！莎拉的這幾句話似乎引發了某種陌生的感覺——某種艾曼加德從來不知道的情緒。如果——如果——她溫柔而緩慢的小小腦袋想到了一種陌生而可怕的可能狀況。她摸黑爬下床，想辦法走到放著蠟燭的桌子旁，點著了火柴，並點上蠟燭的火。她在點亮了燭火後，傾身看著莎拉，她心中的陌生假設越來越清晰，加深了她眼中的恐懼。

「莎拉，」她的聲音怯懦，近乎恐懼，「妳有、妳有、妳從來沒跟我說過、我不想要顯得沒有禮貌，但是——**妳**有覺得餓過嗎？」

這一刻，一切都超過了莎拉能夠負荷的範圍，那道防線崩潰了，莎拉抬起埋在手中的臉。

「有，」她帶著另一種劇烈的情緒說道，「有，我覺得很餓。我餓到現在幾乎可以吃了妳。聽到可憐的貝琪被罵讓一切變得更糟，她甚至比我還要餓。」

艾曼加德倒抽了一口氣。

「噢，噢！」她傷心欲絕地哭了起來，「而我一直不知道這件事！」

「我不想讓妳知道，」莎拉說，「那會讓我覺得自己像個街上的乞丐。我知道我看起來就像個街上的乞丐。」

「不，妳不像——妳才不像！」艾曼加德喊道，「妳的衣服有一點點奇怪——但妳看起來絕對不像街上的乞丐，妳的臉跟街上的乞丐完全不一樣。」

「有一個小男生施捨了六便士給我，」莎拉無法抑制地發出一聲短促的笑聲，「在這裡。」她拉出脖子上的窄緞帶，「要是我看起來不像需要這六便士的話，他是不會把他的聖誕節六便士拿給我的。」

不知道為什麼，這枚可愛的六便士硬幣讓兩人開心了一點。雖然眼眶還含著淚水，但兩人都因此而小聲地笑了起來。

「哪個小男生？」艾曼加德問道，她看著這枚硬幣的眼神就像這不僅僅是枚平凡的六便士。

「他是個正要去參加宴會的可愛小男孩，」莎拉說，「他是大家庭的一份子，是個兩隻腿都圓滾滾的那個小孩——我把他稱作蓋．克萊倫斯。我猜他的房間應該塞滿了聖誕禮物和裝滿了蛋糕和食物的籃子，他看得出來我什麼都沒有。」

艾曼加德突然往後一跳，莎拉的最後一句話讓她煩惱的腦袋想起了某件事，同時也讓她靈光乍現。

「噢，莎拉！」她喊道，「我真是太笨了，居然沒有想到！」

「想到什麼？」

「一件棒透了的事！」艾曼加德興奮地迅速說道，「今天下午我好心的姑姑寄了一個籃子給我，裡面裝滿了好東西。我一樣都沒動，因為晚餐的布丁讓我太飽了，而且爸爸的書讓我很心煩。」她開始變得有點口齒不清了，「籃子裡面有蛋糕、有小肉派、有果醬塔和麵包、有橘子和紅醋栗酒，還有無花果跟巧克力。我馬上就偷偷溜回去把籃子拿過來，我們可以現在就把裡面的東西吃掉。」

莎拉感到一陣暈眩。對一個餓到幾乎快昏倒的人來說，提起食物有時會造成奇怪的影響。她抓住艾曼加德的手臂。

「妳覺得——妳**有辦法**做到嗎？」她飛快地喊道。

「我確定我可以做到。」艾曼加德回答。她跑到門邊——動作輕巧地打開門——側耳傾聽門外的一片黑暗。接著她走回莎拉身邊，說道：「燈都熄了，大家都上床了，我可以躡手躡腳地走——躡手躡腳地走——沒有人會聽到的。」

這件事太讓人高興了，她們握住彼此的手，莎拉的眼中閃過一絲光芒。

「艾曼加德！」她說，「讓我們來**假裝**吧！假裝這是一場宴會！還有，噢，妳願意邀請隔壁牢房的囚犯嗎？」

「願意！願意！我們馬上去敲敲牆壁，獄卒不會聽到的。」

莎拉走到牆邊，透過牆壁聽到了貝琪變得更微弱的哭聲。她敲了牆壁四下。

「四下代表『從牆底下的祕密通道過來我這邊，』」她解釋，「『我要告訴妳一些事情。』」

五下迅速的敲擊聲回答了她。

「她要過來了。」她說。

房間的門幾乎馬上就被打開了，貝琪出現在兩人面前。她的眼睛通紅，帽子歪到一邊，在看到艾曼加德之後，她開始緊張地用圍裙擦拭自己的臉龐。

「貝琪，妳一點也不需要在意我！」艾曼加德叫道。

「艾曼加德小姐想邀請妳過來，」莎拉說，「她等一下要帶一籃好東西來給我們。」

貝琪的帽子快要整個滑下來了，她興奮地喊出聲。

「小姐，是吃的嗎？」她說，「是可以吃的好東西嗎？」

「對，」莎拉回答，「然後我們要假裝這是一場宴會。」

「而且妳可以**想**吃多少東西就吃多少東西，」艾曼加德補充道，「我現在就馬上去拿！」

她急急忙忙地走了，在踮著腳走出閣樓時弄掉了紅色披肩，但她卻沒注意到。一開始大家都沒有注意到掉在地上的披肩。貝琪因為降臨在自己身上的好運而激動不已。

「噢，小姐！噢，小姐！」她喘著氣道，「我知道一定是妳問她可不可以讓我進來的，我、我一想到就想哭。」她站到莎拉身旁，崇拜地看著他。

莎拉渴望的眼睛裡閃爍著讓貝琪覺得熟悉的光芒，她正在慢慢轉換著自己的世界。莎拉站在閣樓裡——外面是漫漫寒夜，這天下午她才走過溼滑難行的街道，她還記得小乞丐悲慘而飢餓的眼神——但這種轉換的過程單純而愉悅，就像是魔術一樣。

接著，她再次找回了呼吸。

「不知道為什麼，在事情要進入最糟糕的狀況之前，」她喊道，「總是會有其他好事發生。就像所有事情背後都有魔法一樣。希望我能一直記住這件事，最糟糕的事情永遠不會**真的**發生。」

她開心地搖了搖貝琪。

「不，不！妳別哭呀！」她說，「我們要快點布置好桌子。」

「小姐，布置桌子？」貝琪環顧一圈，「我們要用什麼布置桌子呢？」

莎拉也跟著環顧一圈。

「閣樓裡的東西不多。」她笑著回答。

這時，她瞥到了一件東西，是艾曼加德掉在地上的紅色披肩，她馬上把披肩撿了起來。

「是披肩，」她叫道，「我知道她不會介意的。這件披肩可以變成一條美麗的桌巾。」

她們把老舊的桌子往前挪了一點，再將披肩鋪在桌上。紅色是能讓人覺得緩和而舒適的顏色，這條桌巾立刻讓房間內的家具看起來好上不少。

「要是地上有條紅色的地毯該有多好啊！」莎拉說，「我們一定要假裝地上有條紅色的地毯！」

她眼神愉悅地掃了一眼空蕩蕩的地面，地毯已經鋪在地上了。

「這條地毯真是又軟又厚呢！」她輕輕地笑了起來，貝琪知道這種笑聲代表的意思。莎拉抬起腳，再小心翼翼地把腳放到地面上，好像地板上真的有什麼東西似的。

「是的，小姐。」貝琪認真而著迷地看著她。她總是很認真。

「接下來呢？」莎拉靜靜佇立著，接著把雙手蓋在眼睛上，「只要我一邊思考一邊等待，就會有靈感跑來找我。」她用輕柔而期待的語氣說，「魔法會告訴我。」

莎拉最喜歡的想像之一，就是在她稱之為「外面」的地方有很多靈感，那些靈感都在那裡等著人類呼喚他們。貝琪看過莎拉就這樣站著等待好幾次，她知道，在幾秒鐘之後她就會露出一張光彩動人的笑臉。

莎拉的確在幾秒後就放下手來。

「有了！」她喊道，「靈感來了！我知道了！我應該要去找我還是公主的時候擁有的那個大皮箱。」

她飛奔到角落，跪坐下來。這個大皮箱並不是為了她而放在閣樓的，純粹只是因為沒有別的地方放得下這麼大的東西了。雖然裡面裝的東西都只是垃圾，但她知道她會在裡面找到她要的東西。魔法總是會以某種方式安排好一切。

行李箱的一個角落裡有一盒因為太不起眼而被忽視的盒子，她在找到那個盒子之後，便把它當作紀念物了。盒子裡面是十二條雪白的小手帕。她開心地拿出手帕，跑回桌邊，在蓋著紅色桌巾的桌面耐心地摺疊手帕，讓綴有蕾絲的邊緣向外捲曲。她的魔法的確起了作用。

「這些是盤子，」她說，「是黃金鑄造的盤子。這些則是華麗的刺繡餐巾，都是西班牙的修女在修道院裡面縫製的。」

「小姐，真的是修女縫的嗎？」貝琪倒抽了一口氣，她為此感到十分興奮。

「妳要假裝這是真的，」莎拉說，「只要妳夠認真假裝，妳就會看到那些修女。」

「好的，小姐。」貝琪說。莎拉走回行李箱旁，專心致志地尋找，想要盡快把餐桌好好布置完。

莎拉轉身時，突然發現站在桌邊的貝琪看起來十分奇怪。她緊閉眼睛，臉龐糾結成不停抽蓄的扭曲表情，雙手放在身側，正僵直地握著拳。她看起來彷彿正試圖舉起一個無比沉重的物品。

「貝琪，妳怎麼了？」莎拉叫道，「妳在做什麼？」

貝琪嚇得睜開了雙眼。

「小姐，我在假裝，」她有點害羞地回答，「我在試著看見東西，就像妳一樣。我差點就成功了，」她揚起了一抹期望的微笑，「但這要花好多力氣啊。」

「或許是因為妳還不習慣，所以才要花很多力氣。」莎拉友善而理解地說，「只要妳能常常假裝，妳就會知道這有多簡單。我不會一開始就挑戰那麼難想像的事。我等一下就過去找妳，我會告訴妳這裡有什麼東西。妳看看這個。」

她拿起一頂舊帽子，這是她從行李箱的底部撈上來的。帽子上面有一圈花環，莎拉把花環拔了下來。

「這是屬於這場盛宴的花環，」她認真地說，「這些花朵能讓空氣布滿芬芳。貝琪，洗手臺上有個馬克杯，噢——也順便把肥皂的碟子遞給我當裝飾品。」

貝琪虔誠地把這兩件東西遞給她。

「小姐，這兩個東西現在變成什麼了呢？」她詢問，「一般人會以為那是陶器

——但我知道這不是陶器。」

「這是上面雕有花紋的葡萄酒瓶，」莎拉把花環的藤蔓纏在馬克杯上，「這個呢——」她輕柔地翻轉肥皂碟，再將一朵朵玫瑰花堆疊在碟子上，「這是鑲嵌著寶石的雪白大理石。」

她動作輕柔地擺放這些物品，臉上掛著愉悅的笑容，讓她看起來就像是夢裡面才會出現的人物。

「天啊，真是太美好了！」貝琪悄聲說。

「如果有夾心軟糖的碟子就好了，」莎拉自言自語道，「對了！」她再次跑向行李箱，「我記得我剛剛有看到那個東西。」

她找出了是一捲毛線，外面包著紅白相間的紗紙。紗紙很快就被摺成小碟子的形狀，並放到桌上，碟子旁擺放的蠟燭，蠟燭已經用剩下的花朵裝飾過了，火光照亮了這桌盛宴。老舊的桌上鋪著一條紅色披肩，上面擺放著從久無人動的行李箱中翻出來的垃圾，只有魔法能讓這個景象變得不同。莎拉退了幾步，看到了無比動人的想像，貝琪在開心地看了幾眼後，她放輕了呼吸開口說話。

「這個地方，」貝琪環顧一周後問道，「這個地方現在還一樣是巴士底監獄嗎——還是這裡已經變成別的地方了呢？」

「噢，對，對！」莎拉說，「是個很不一樣的地方，這裡是宴會廳！」

「天啊，小姐！」貝琪立刻叫道，「宴會廳！」她轉身察看壯觀的房間，表情敬畏而迷惑。

「宴會廳，」莎拉說，「這裡可以舉辦盛大的宴會。這裡有拱形的屋頂，還有給吟遊詩人表演的場地，巨大的煙囪下堆滿了正熊熊燃燒的橡木，四周擺著一隻隻熠熠生輝的華美燭臺。」

「天啊，莎拉小姐！」貝琪再次倒抽了一口氣。

接著，門被打開了。艾曼加德走了進來，她因為籃子的重量而顯得氣喘吁吁。她進門後開心地驚呼了一聲。她從外面寒冷的黑暗中踏進房內，出乎預料之外地迎面見到一張充滿歡樂氣息的桌子，上面蓋著豔紅色桌巾，還有雪白的餐巾與花朵點綴於其上，她覺得眼前的事前準備真是棒極了。

「噢，莎拉！」她大喊道，「妳真是我見過最聰明的小孩了！」

「是不是很棒呢？」莎拉說，「這些都是我從舊行李箱裡面翻出來的。我詢問了我的魔法之後，魔法告訴我要去翻找我的舊行李箱。」

「但是，噢，小姐，」貝琪喊道，「妳一定要讓她告訴妳這些東西是什麼！這些東西不只是——噢，小姐，拜託妳告訴她吧。」她懇求莎拉。

因此莎拉便開始告訴艾曼加德她的想像。莎拉的魔法讓她能使艾曼加德幾乎看見一切事物：黃金鑄造的盤子、拱形的屋頂、熠熠生輝的燭臺。她們把食物從籃子裡拿出來——糖霜蛋糕、水果、夾心軟糖，還有酒——這場宴會充滿了豐盛的佳餚。

「就像真的宴會一樣！」艾曼加德喊道。

「就像女王的餐桌一樣。」貝琪嘆息道。

這時，艾曼加德靈光一閃，想到了一個好主意。

「莎拉，我跟妳說，」她說，「妳應該假裝妳是個公主，這場宴會是皇室的宴會。」

「但這是妳的宴會呀，」莎拉說，「妳才應該要當公主，我們可以當妳的侍女。」

「噢，我不行啦，」艾曼加德說，「我太胖了，而且我也不知道要怎麼當公主。妳來當公主。」

「嗯，如果妳希望我當公主的話，那我就當公主。」莎拉說。

這時，她突然想到了另一個主意，跑到了生鏽的壁爐前。

「壁爐裡面有很多紙張和垃圾！」她說，「如果我們把這些東西點燃的話，就可以讓明亮的火焰維持個幾分鐘，我們會覺得那像是真正的爐火一樣。」她點著了火柴，點燃紙張，恍若真實爐火的火光讓整個房間都明亮了起來。

「等一下火熄滅的時候，」莎拉說，「我們就會忘記那不是真正的爐火了。」

她站在搖曳的火光中微笑。

「看起來很像是真的爐火，對嗎？」她說，「我們可以開始這場宴會了。」她走到桌子旁，優雅地向艾曼加德和貝琪揮了揮手。她已經沉浸在自己的想像之中了。

「美麗的少女，請移步，」她用如夢似幻的愉悅聲音說，「請到宴會桌前入座。我高貴的父親，也就是缺席的國王陛下，他還在漫長的旅途中，他命我設宴招待妳們。」她微微側過頭，看向房間的角落，「怎麼了，噢，是的，吟遊詩人！演奏你的六弦琴和巴松笛吧。」她迅速地對艾曼加德與貝琪解釋道：「公主設宴的時候都會找吟遊詩人來表演，我們可以假裝那個角落是吟遊詩人的場地。現在要開始囉。」

她們才剛拿起她們的蛋糕——她們三個都沒有時間做出任何其他舉動——就跳了起來，一臉蒼白地望向門口，側耳傾聽。

有人正在登上樓梯。她們絕沒有聽錯，三個人都認出了那陣攀爬樓梯的憤怒腳步聲，她們知道，這一切都要結束了。

「是——是敏欽小姐！」貝琪嗆了一下，把她手上的蛋糕掉到了地上。

「對，」莎拉說，她的小臉蒼白，眼睛震驚地睜大了，「敏欽小姐發現了。」

敏欽小姐重重推開房門，她的臉色也十分蒼白，但她的蒼白是來自於憤怒。她看著那三張驚恐的臉，又看向宴會桌，接著視線再從宴會桌上轉移到壁爐裡最後一小片紙張上的小火苗。

「我一直懷疑妳們會做出這種事，」她厲聲道，「但我連作夢都沒想到妳們會這麼膽大妄為。拉維妮亞把真相告訴我了。」

她們由此得知是拉維妮亞猜到了她們的祕密，並且洩漏給敏欽小姐。敏欽小姐大步走向貝琪，再次一巴掌打在她的耳朵上。

「妳這個無恥的東西！」她說，「明天早上就給我離開這棟房子！」

莎拉靜靜地站著，眼睛越睜越大，臉色也越來越蒼白。艾曼加德嚎啕大哭了起來。

「噢，不要把她趕走，」她抽噎著說，「我姑姑寄了這籃食物給我，我們、只是、在辦宴會而已。」

「這我倒是看得出來，」敏欽小姐輕蔑地說，「莎拉公主還坐在桌子的首位呢。」她怒火中燒地轉向莎拉，怒吼道：「我知道這是妳的主意，艾曼加德根本想不到妳們可以做這些事。我看裝飾這張桌子的人應該也是妳吧——還想得到用這些垃圾來裝飾啊。」她對貝琪用力跺跺腳，命令道：「回去妳的房間！」貝琪立刻溜走了，她用圍裙摀住臉，肩膀不停地顫抖。

接著輪到莎拉了。

「我明天會好好處理妳的，明天妳沒有早餐、午餐和晚餐可以吃了！」

「敏欽小姐，我今天也沒有吃午餐和晚餐。」莎拉虛弱地說。

「那就更完美了。這次妳該好好記住教訓了。不要傻站在那裡，把那些食物放回去籃子裡面。」

她親自動手把桌上的食物統統掃進籃子裡，接著她瞥到了艾曼加德的新書。

「妳——」她對艾曼加德說，「竟然把妳美麗的新書帶到這間骯髒的閣樓上來。把書拿走，回去妳的床上。妳明天必須整天待在臥室裡，我會寫信給妳爸爸。要是他知道妳今天晚上跑到什麼地方，**他**會怎麼說呢？」

這時，她在莎拉悲傷的凝視中感覺到了什麼，便怒氣沖沖地轉向莎拉。

「妳在想什麼？」她責問道，「妳為什麼要那樣看著我？」

「我在思考。」莎拉回答的態度跟她那天在教室回答的態度並無二致。

「妳在思考什麼？」

現在的狀況跟那天在教室發生的事很像。莎拉的態度沒有一絲一毫無禮之處，她看起來憂傷而平靜。

「我在思考，」她輕聲回答，「要是**我**爸爸知道我今天晚上在哪裡，他會怎麼說。」

敏欽小姐如同之前一樣勃然大怒，也如同之前一樣用十分激動的方式發洩了怒氣。她衝向莎拉，用力搖晃她的身體。

「妳這個既無禮又不受教的小孩！」她喊道，「妳好大的膽子！好大的膽子！」她拿起艾曼加德的書，把餘下的食物統統掃進籃子裡，讓食物亂成一團，接著把這些東西都塞進艾曼加德懷裡，再把她推向門口。

「妳可以自己在這裡慢慢思考，」她說，「立刻上床。」她關上門，和艾曼加德這個發著抖的可憐小孩一起走了，留下莎拉獨自一人站在房裡。

這場夢已經結束了。壁爐裡的最後一點火星也熄滅了，只餘下紙張漆黑的灰燼。桌子上什麼都沒有了，黃金鑄造的盤子、華美的刺繡餐巾和花環再次變回破舊的手帕、紅白相間的碎紙片和被丟棄的人造花，統統散落在地上。吟遊詩人場地裡的吟遊詩人偷偷跑走了，六弦琴和巴松笛陷入死寂。艾蜜莉背靠牆壁坐在一旁，認真地凝視著。莎拉看向她，接著走了過去，用顫抖的雙手將她抱起來。

「艾蜜莉，宴會已經沒了，」她說，「也沒有公主了。什麼都沒有了，只剩下巴士底監獄的囚犯。」她坐了下來，將臉埋在手臂中。

如果這個時候她沒有把臉埋在手臂中，如果她在錯誤的時機剛好抬頭往天窗看一眼，會發生什麼事呢？我不知道——或許這一章的結局會截然不同——要是她看向天窗的話，她必定會被眼前的景象嚇一大跳。她會看到一張臉貼在窗戶外盯著她看，那張臉就是稍早之前她和艾曼加德說話時出現的臉。

但她沒有向上望。她將黑色的頭顱埋在手臂裡，坐了好一段時間。每當她試圖安靜地忍受某些事情時，她就會這樣坐著。最後她站起身，慢慢走到床邊。

「我現在什麼都沒辦法假裝了──至少在醒著的狀態下沒辦法假裝了。」她說，「再試也只是徒勞無功。要是我睡著的話，或許還能做夢，讓夢境幫我假裝。」

她突然覺得疲憊至極──或許是因為太渴望食物了──於是她虛弱地在床緣坐了下來。

「假裝壁爐裡燃燒著不斷跳動的明亮火焰，」她喃喃自語道，「假裝壁爐前有一張舒適的椅子，假裝椅子旁邊有一張小桌子，上面放著一頓熱騰騰的晚餐，假裝──」她把單薄的被單蓋在身上，「假裝有一張美麗而柔軟的床，上面有羊毛毯和蓬鬆的大枕頭。假裝──假裝──」她的疲憊在這時幫了她一個忙，讓她的眼睛閉了起來，迅速進入夢鄉。

她不知道自己睡了多久。但她實在太累了，因此她睡得很熟──熟到任何東西都吵不醒她，就算麥奇賽德讓全家都跑出洞來亂叫亂跳，讓牠的兒女在房間裡打架、翻滾和玩鬧，她也不會被吵醒。

她是突然醒過來的，但她不知道其實是某個聲音叫醒了她。事實上，把她叫醒的聲音是現實中的聲音，那是天窗關上的聲音。關上天窗的白色人影在前一刻才剛輕巧地從天窗爬出去，蜷縮在靠近天窗的屋瓦上——那個位置剛好能看見閣樓裡發生的事，又能讓閣樓裡的人看不到他。

她剛醒過來的時候沒有睜開眼睛。她覺得很睏，而且非常奇怪的是，她竟然感到溫暖與舒適。她覺得太溫暖、太舒適了，這種感覺讓她覺得自己根本還沒真的醒來。除了她美好的幻想之外，她從來沒有覺得這麼溫暖、這麼舒服過。

「真是個美夢！」她喃喃自語道，「我覺得好溫暖。我——不——想——起——床。」

這當然是一場夢。莎拉覺得身上好像蓋著讓人覺得溫暖而愉快的被子，她可以**感覺得到**身上的毯子，把手伸出被子時，她感覺得出來這是一床緞面的羽絨被。她絕對不能從這麼美好的夢境中醒來——她一定要靜止下來，讓這場夢維持得更久一點。

但是她沒辦法不醒來——雖然她緊閉著眼睛，但她還是沒辦法不醒來。有某種感覺迫使她漸漸清醒——她感覺到房間裡有某種東西。她感覺到了光，還聽到了一陣陣聲響——那是小火堆燃燒時發出的劈啪聲。

「噢，我要醒了，」她難過地說，「我沒辦法不醒——我沒辦法不醒。」

她不由自主地睜開雙眼。接著她笑了起來——因為她看到了她從來沒有在閣樓裡看到過的東西，她知道自己不應該在這裡看到這些東西。

「噢，我**還沒**醒呢，」她悄聲說，接著她鼓起勇氣用手肘撐起身體，環顧四周，「我還在作夢。」她知道這**一定**是一場夢，因為她不可能在這樣的環境裡醒來——不可能。

妳想知道她為什麼那麼確定自己還沒清醒嗎？因為她看到了這樣的景象：火爐裡燃燒著明亮的火焰，壁爐架上放著一個小小的銅製水壺正冒著蒸氣，裡面的水已經滾了，一張溫暖的緋紅色厚地毯鋪在地板上，火爐前擺著一張可摺疊的椅子，上面放著軟墊，旁邊有一張摺疊桌，桌面鋪了一條白色的桌巾，上面有幾個蓋著蓋子的盤子、一個杯子、一個茶托和一個茶壺，床上是一條溫暖的新毯子和緞面的羽絨被，床尾放著一件摺疊好的老式絲質睡袍、一雙厚實的拖鞋和幾本書。她想像出來的房間變成夢境了——而且房內正閃爍著溫暖的光線，光線來自於桌上一盞玫瑰色燈罩的油燈。

她坐起身，用手肘支著臉，呼吸變得越來越短促。

「這些東西沒有——沒有消失，」她喘著氣說，「噢，我從來沒有夢見過這種夢。」她幾乎不敢移動，但最後她還是推開了床罩，帶著欣喜若狂的笑容把腳放到地板上。

「我在作夢——我在離開床鋪，」她聽到自己自言自語著，接著，她站到閣樓的中央，緩慢地掃視這間房間，「我夢到的東西都沒有消失——像是真的！我夢到我**覺得**這是真的。這間房間簡直像被施了咒語——或者是我被施了咒語。我只是**想像**自己能看得見而已。」她的語速越來越快，「要是我能一直想像就好了。」接著她喊道：「我不管了！我不管了！」

她呼吸急促地站在房間中央好一陣子，接著再次大喊出聲。

「噢，這不是真的！」她說，「這**不可能**是真的！但是，噢，這實在太像是真的了！」

她被明亮的火焰吸引到壁爐前，並跪了下來，把手靠近火焰前——近到灼熱的溫度讓她嚇得縮回了手。

「我幻想出來的火焰是不會**燙到**人的。」她喊道。

她跳了起來，摸了摸桌子、盤子和地毯，接著走到床邊又摸了摸毯子。她拿起柔軟的老式睡袍，猛然將睡袍緊抱在胸前，接著又舉到臉頰旁。

「我感覺得到溫暖和柔軟的觸感，」她泫然欲泣，「這是真的，這一定是真的！」

她匆匆披上睡袍，又穿上了拖鞋。

「拖鞋也是真的，這一切都是真的！」她喊道，「我**不是**——我**不是**在作夢！」
她用近乎衝刺的速度跑到那疊書本旁，打開了最上面的那一本書。有人在內頁提了字——只是少少的幾個字，內容如下：

「給閣樓裡的小女孩。

妳的朋友」

在看到這些字後——她的舉動真是奇妙——她把臉埋進書頁中，哭了起來。
「我不知道他是誰，」她說，「但是有人在關心我。我有一個朋友。」
她拿起蠟燭，悄悄走出房間，又悄悄溜進貝琪的房間裡，站在她的床邊。
「貝琪，貝琪！」她用氣音所能及的最大音量叫道，「快起來！」
貝琪醒來的時候嚇了一大跳，她馬上坐起身，睜大雙眼，臉上還留有淚水的痕跡。她身旁站著一個身穿華美緋紅色老式絲質睡袍的小孩。貝琪看到了一張光彩動人的臉龐。是莎拉公主——她還記得她的樣子——站在她的床邊，手上還拿著蠟燭。
「快來，」她說，「噢，貝琪，快來！」
貝琪嚇得不敢出聲。她直接爬下床，目瞪口呆地跟在莎拉身後，一個字都說不出口。

她們跨過門檻後，莎拉輕輕關起門，拉著她走到房間中間。這間房間溫暖而鮮豔，讓她的腦袋像打了結一樣，連飢餓的感覺都逐漸消失了。

「這是真的！這是真的！」她喊道，「我親手摸過這些東西了，這些東西就跟我們一樣真實。貝琪，在我們睡著的時候，魔法進到房間裡變出了這些東西——魔法永遠不會讓那些最糟糕的事情**真的**發生。」

第十六章　訪客

你可以想像一下這整個下半夜她們都在做什麼。她們靠在壁爐旁邊，壁爐中炙熱的火焰綿綿不斷地燃燒。她們掀開盤子上的蓋子，發現盤子裡盛滿了熱騰騰的美味濃湯，光一盤湯就可以當作一餐了，一旁還有三明治、土司和馬芬蛋糕，多得能讓兩人都飽餐一頓。洗手臺的馬克杯變成了貝琪拿來裝熱茶的茶杯，這壺茶芬芳回甘，她們不用假裝這是別的飲料就感到十分滿足。她們溫暖、飽足而快樂，莎拉在發現自己遇見如此奇異卻又千真萬確的好運後，她便馬上讓自己盡可能地沉浸在這份幸福之中。她的生活一直都充滿了想像，因此非常習慣於撞見突如其來的好運，也非常習慣於這種好運會在短時間內突然消失，因此眼前的狀況讓她覺得有點困惑。

「在這世界上，我不認識任何能夠做到這種事情的人，」她說，「但是的確有這個人存在。我們現在就坐在火焰旁邊，而且、而且、這是真的！不管那個人是誰——不管他在哪裡——我都有朋友了，貝琪——有一個人是我的朋友。」

她們坐在明亮的火焰前，吃著豐富而營養的食物，但不可否認的是，她們心中都升起了一種令人著迷的敬畏感，兩人望向彼此的眼中都充滿了類似於疑惑的情緒。

「小姐，妳覺得，」貝琪再次結結巴巴地用氣音說，「妳覺得這些東西會不會消失啊？我們是不是應該吃快一點？」她急急忙忙地把三明治一口塞進嘴裡。如果這些食物都只是幻想的話，那麼餐桌禮儀想必是可以被忽略的事。

「不，這些東西不會消失，」莎拉說，「我正在**吃**這個馬芬蛋糕，而且我能嘗得到味道。在幻想裡面永遠不可能吃到東西，妳只會想像妳將要吃到東西。除此之外，我一直在捏我自己，而且我剛剛還特意摸過了一塊燙手的煤炭。」

令人昏昏欲睡的舒適感最終還是征服了她們，但這種感覺簡直如夢似幻。這種睏意是孩子在感到愉悅與飽足時才會感覺到的，她們兩人坐在火光之中，享受著這種奢侈的安樂，直到莎拉發現自己已經開始回頭望向被魔法改變過的床了。

房間裡甚至還有多的毯子可以分給貝琪。貝琪連作夢都沒有想到，隔壁房間的窄小床板睡起來可以這麼舒服。

貝琪走出房間時，站在門檻上回過頭，用飢渴的眼神看向房內。

「小姐，如果這些東西明天早上就不見了的話，」她說，「至少這些東西曾經存在過一個晚上，我永遠也不會忘記。」她像是要把一切銘刻在記憶中一樣，視線依序掃過房內的每樣物品，「火在**那裡**，」她伸手指著火焰，「桌子在火前面，燈在那裡，顏色是玫瑰色的，你的床上有緞面的被子，地上有一張溫暖的地毯，每一樣東西看起來都好美，還有，」她停頓了一秒，輕柔地把手放在自己的肚子上，「這裡**曾經**有過湯、三明治和馬芬蛋糕——**曾經**有過。」在至少確認自己肚子裡的食物是真的之後，她便離開了。

學生與僕人間的神祕情報網發揮了作用，到了第二天早上，幾乎所有人都知道莎拉．克魯昨天做了件非常丟臉的事，知道艾曼加德被懲罰，也知道貝琪將會在早餐之前就被開除。但這位廚房女傭並沒有馬上就被開除，僕人們都知道，她會被留下來是因為敏欽小姐沒辦法在短時間內立刻找到另一個跟貝琪一樣既無助又可憐的小孩，會願意為了每周少得可憐的先令而像上了鍊子的奴隸一樣工作。教室裡比較年長的女孩都知道，就算敏欽小姐沒有把莎拉趕走，那也只是為了敏欽小姐她自己的利益。

「不知道為什麼，她長得很快，也學得很快，」潔西對拉維妮亞說，「繼續這樣下去，她很快就會開始教更多課了，敏欽小姐很清楚莎拉會繼續無薪工作。拉維妮亞，妳很壞心，居然告訴敏欽小姐她們會在閣樓聚在一起。妳是怎麼發現的？」

「我是從蘿蒂那邊問出來的。她太幼稚了，根本不知道自己把這件事告訴我了。我告訴敏欽小姐這件事一點也不壞心，我覺得這是我的義務。」她自命不凡地說，「是她自己一直在騙人的，而且她那副了不起的樣子實在很可笑，她那身破破爛爛的衣服讓她的樣子顯得更可笑了！」

「敏欽小姐發現她們的時候，她們在做什麼？」

「在假裝一些愚蠢的事囉。艾曼加德把她的籃子拿上樓跟莎拉和貝琪分享。她可從來沒有跟我們分享過任何東西呢。我是不在乎啦，但是跟住在閣樓的僕人分享東西實在是一件很粗俗的事。不知道敏欽小姐幹嘛不把莎拉趕走——就算她想要莎拉來當老師，也應該為此趕走她才對。」

「要是她被趕走的話，她要去哪裡呢？」潔西有點緊張地問。

「我哪知道呢？」拉維妮亞嗤之以鼻地說，「我看啊，在經歷昨天晚上的事之後，她早上進來教室時看起來一定會更加奇怪。她昨天就沒有吃飯了，今天也沒食物可以吃。」

潔西雖然有點笨，但心腸並不壞。她猛然抓起自己的課本。

「噢，我覺得那樣很恐怖，」她說，「他們沒有權利把她給餓死。」

這天早上，廚師和其他女傭在莎拉踏進廚房時，都用一種不以為然的眼神看著她，但她只是匆匆忙忙地從他們身邊經過。其實她早上有一點睡過頭了，貝琪也一樣，她們兩個沒有空在下樓之前先和對方見面，只能分別急匆匆地跑下樓。

莎拉走進廚房的儲藏室時，貝琪正在努力地刷洗一個水壺，同時還把聲音悶在喉嚨裡模模糊糊地哼著歌。她一臉興高采烈地抬起頭來。

「小姐，我醒來的時候東西還在──毯子還在，」她興奮地悄聲說，「毯子跟昨天一樣真實。」

「我房裡的東西也是，」莎拉說，「現在東西都還在──所有東西都在。我換衣服的時候還吃了一點昨天剩下來的食物。」

「噢，天啊！噢，天啊！」貝琪帶著狂喜發出陣陣小聲的感嘆，接著趕在廚師從廚房走進來時，繼續埋頭擦她的水壺。

在敏欽小姐的預想中，莎拉出現在教室時的神情應該跟拉維妮亞想像的一樣。對敏欽小姐來說，莎拉是令人憤怒的謎團，再嚴厲的懲罰都無法使她哭泣或表現出害怕的樣子。她被責罵時，總是安靜而有禮地站著，一臉漠然地聆聽。她被處罰要做額外的工作或者沒有食物可以吃的時候，她從不曾抱怨或表現出想反抗的樣子。在敏欽小姐心中，莎拉從來不表現出無禮的態度這件事，本身就是一件無禮的作為。但莎拉昨天被剝奪了吃正餐的機會，晚上又遇到了那麼極端的事件，再加上她還知道今天整天都會餓著肚子，敏欽小姐認為莎拉必定會崩潰。要是她下樓時不是一副臉色蒼白、雙眼通紅、表情傷心又卑微的樣子的話，那就太奇怪了。

敏欽小姐在莎拉一進教室時就看到她了。莎拉今天要聽法文課的小小學生們朗讀課文，並監督她們練習法文。她走進教室時腳步輕盈，臉頰紅潤，嘴角還掛著微笑。這是敏欽小姐有生以來遇過最令她吃驚的事情了。她嚇了一跳，這孩子到底是怎麼回事？她這個態度是怎麼回事？她立刻把莎拉叫到桌前。

「妳看起來似乎並不理解妳有多丟臉，」她說，「妳是不是開始覺得這種事根本無關痛癢了？」

事實上，莎拉還只是個孩子——就算她現在正漸漸長大也一樣——她昨天飽餐了一頓，在舒適而溫暖的被窩中睡了很久。她昨天上床時身處在童話故事之中，早上起床又發現這個童話故事是真的，她沒辦法讓自己不高興，甚至也沒辦法讓自己看起來不高興。不管她再怎麼嘗試，她都沒辦法讓眼中愉悅的光芒消失。在莎拉眼神愉悅地回答出完美而恭敬的回答時，敏欽小姐幾乎因此而愣住了。

「敏欽小姐，請妳原諒我，」她說，「我知道我做了丟臉的事。」

「好好做事，不要忘了妳有多丟臉，也不要一副遇到了什麼好運的樣子。妳這樣是非常無禮的表現。記清楚了，妳今天不會有食物可以吃。」

「是的，敏欽小姐。」莎拉回答。她在轉身離開時想起了昨天發生的事，心臟雀躍地跳動著，她想：「如果昨天魔法沒有即時拯救我的話，這一切不知道該會有多麼可怕！」

「她一點也不像很餓的樣子，」拉維妮亞耳語道，「妳看看她，說不定她正在假裝自己吃了一頓美味的早餐呢。」她發出了惡劣的笑聲。

「她跟其他人都不一樣，」潔西看著正在授課的莎拉，「有時候我會覺得有點怕她。」

「可笑的傢伙！」拉維妮亞脫口罵道。

一整天下來，莎拉一直維持著容光煥發的表情與臉頰上紅潤的色澤。僕人紛紛對她投以不解的視線，彼此竊竊私語，愛米莉亞小姐藍色的小眼睛裡布滿了迷惑。她沒辦法理解為什麼莎拉在昨晚這麼嚇人的痛苦經歷後，還能表現出平靜的樣子。但無論如何，這樣的表現很符合莎拉總是異常頑固的性格，她或許已經下定決心要對一切都無所畏懼了。

在莎拉把昨晚發生的事從頭到尾想了一遍之後，她下定決心要做另一件事。如果可以的話，她必須讓閣樓的奇蹟變成一個祕密。要是敏欽小姐決定再次爬上頂樓的話，這件事想必會被發現。但短時間內她不太可能再爬上去一次了，除非有人讓她起了疑心。艾曼加德和蘿蒂都會被嚴加看守，她們不敢再趁睡覺時溜上樓了。她可以告訴艾曼加德這個故事，莎拉相信她會保守祕密。要是這件事被蘿蒂發現的話，蘿蒂應該也可以守密。或許魔術本身就會幫助她隱藏這個奇蹟。

「但是，不管發生什麼事，」莎拉一整天都在不停對自己說，「不管發生**什麼**事，這世界的某個地方都有一個善良的大好人是我的朋友——是我的朋友。就算我不知道他是誰——就算我永遠也沒辦法感謝他——我也不會再像以前一樣寂寞了。噢，魔法讓我受益良多！」

前一天的天氣已經幾乎不能再更糟了，但這一天偏偏就比前一天還要糟——更潮溼、更泥濘、更寒冷。這天的雜物比前一天更多，廚師的脾氣變得更加暴躁，再加上她知道莎拉做了丟臉的事，對待莎拉的態度因而變得更加粗魯。但是莎拉前一天才證實了魔法是她的朋友，所以她對這些事情毫不在乎。前一天的晚餐給了莎拉力量，雖然她在天黑之前就開始感到飢餓，但是她知道今天晚上她可以在溫暖的被窩裡好好睡一覺，因此她覺得自己可以忍耐到明天早上，屆時她想必就有正常的餐點可以吃了。她終於可以回到樓上時已經很晚了。她被命令要到教室裡看書，直到十點才可以離開，之後她又因為對書本太感興趣而多留了一段時間。

她踏上最後一階階梯，站在閣樓房間的門前，心跳跳得很快。

「那些東西當然有**可能**會全部被拿走，」她悄聲說著，想要讓自己鼓起勇氣，「我的朋友可能只打算把那些東西借給我一晚，因為昨天晚上一切實在都糟透了。但他**的**

確把那些東西借給我了——我曾經擁有過那些東西，那都是真的。」

她推開門走進房裡。一踏進去她就輕輕倒抽了一口氣，她在關上門後把背靠在門板上，一遍又一遍環顧著房間。

房間裡再次被施展了魔法，而且這一次的魔法比前一次還要更厲害。明亮的火焰不斷愉悅地跳動著，看起來比任何莎拉看過的火焰還要令人開心。房間裡多了好幾樣東西，整個閣樓看起來截然不同。要不是莎拉已經打消了懷疑的念頭，她一定會揉揉自己的眼睛。矮桌上放著全新的餐點——這次除了她自己的杯盤之外，還多了貝琪的。破舊的壁爐置物架上鋪了一條新的刺繡毯，毯子十分厚實，顏色明亮，上面還擺了一些裝飾品。房間裡所有裸露出來的醜陋平面都被紡織品遮蓋住了，變得十分漂亮。牆上有一些色澤鮮豔的特殊布料被銳利的小釘子固定在牆上——那些釘子銳利到不需要槌子就可以徒手牢牢壓進木頭裡面。牆上釘了幾把華美的扇子，房間裡還有好幾個又大又厚實的墊子，幾乎可以拿來當椅子坐。此外，還有一個覆蓋著毯子的木箱，上面放著幾個靠枕，看起來就像沙發一樣。

莎拉慢慢從門邊走到房間中央，直接坐了下來，不斷環顧周圍。

「這就像是童話故事成真了，」她說，「根本毫無二致。我覺得好像只要自己許願想要任何東西——一堆鑽石或者整袋黃金——這些東西就會出現！就算是**鑽石和黃**

金也不會比閣樓裡的這些東西來得更奇怪。這真的是我的房間嗎？我還是那個寒冷、疲憊又溼淋淋的莎拉嗎？我以前還曾經一再許願，假裝這個世界上有仙女呢！我一直都希望能夠看到童話故事成真，我現在就**住在**一個童話故事裡面。我覺得，說不定我自己就是仙女，可以變出任何我想要的東西。」

她站起身，敲了敲牆壁，呼喚隔壁牢房的犯人，犯人馬上就過來了。

她走進房間時，差點就跌進了地上的一疊地墊中。她有好幾秒的時間幾乎不敢呼吸。

「噢，天啊！」她喘著氣道，「噢，天啊，小姐！」就跟她在儲藏室裡說的話一模一樣。

「沒錯。」莎拉說。

這天晚上，貝琪坐在壁爐前地毯上的坐墊上，拿著屬於她的杯子和茶盤。

莎拉爬上床要睡覺時，她發現床上多了一個新的厚實床墊和幾個鬆軟的大枕頭。她的舊床墊和枕頭都被放到貝琪的床架上了，有了這些寢具，貝琪享受到了前所未有的舒適。

「這些東西是哪裡來的呢？」貝琪忍不住問道，「天啊，小姐，到底是誰把這些東西拿來的？」

「我們還是連問都不要問比較好，」莎拉說，「要不是我想要對那位朋友說『噢，謝謝你。』我還寧願不知道真相呢，這樣會讓一切都顯得更加美好。」

從那時候開始，生活日復一日地好轉了起來。童話故事還在繼續著，幾乎每天都會出現新的物品。每天晚上莎拉打開房門，裡面就會多了一些新的設備和擺飾，直到閣樓在短短數日內變成了一間充滿豪華特殊用品的美麗小房間。醜陋的牆壁逐漸被圖畫和紡織品蓋滿，精巧的折疊家具越來越多，房裡多了一個裝滿書籍的書架，各種全新的家具與設備接二連三地冒出來，直到莎拉似乎再也想不到還有什麼她想要的東西了。她每天早上走下樓時，桌上都會有前一天剩下的餐點，等到她晚上回到房間，魔術師就已經把舊的食物收走，準備好全新的精緻餐點了。敏欽小姐比以往還要更嚴厲，講話也更加難聽，愛米莉亞小姐比過去還要愛抱怨，而僕人則不斷以有史以來最粗魯而無禮的態度對待她。莎拉在任何天氣都必須出門跑腿，不斷被責罵，一下被叫到這裡來，一下又被叫到那裡去。敏欽小姐幾乎完全禁止她和艾曼加德以及蘿蒂講話。拉維妮亞常常譏笑她越來越破舊的衣服，其他女孩則是在她出現在教室中時對她投以奇怪的目光。但她現在都住在美妙至極的神祕故事裡面了，又哪需要在意這些事情呢？莎拉想像出來的故事能用來安慰自己飢餓的靈魂和拯救陷入絕望的自己，而這個童話故事比那些故事還要更奇妙、更令人開心。她在被責罵的時候，有時會差點忍不住露出微笑。

「要是妳們知道真相的話！」她對自己說，「要是妳們知道真相的話！」她所享受的舒適和愉悅讓她變得更強壯，並時時有所寄託。當她因為跑腿又累又餓，滿身溼淋淋地回到學校時，她知道自己會在爬上樓梯後馬上變得溫暖而飽足。在最難以度過的日子裡，她會讓自己忙著想一些快樂的事，例如猜想她打開閣樓的房門後會看到什麼、猜想她的朋友會準備什麼新的有趣事物給她。沒多久，她看起來就不再那麼消瘦了。她的臉頰時時保持紅潤，也不再因為臉蛋太瘦而顯得眼睛太大了。

「莎拉．克魯看起來過得太好了。」敏欽小姐對她的妹妹不高興地批評道。

「是的，」可憐而愚笨的愛米莉亞小姐說，「她絕對變胖了。她一開始看起來還像隻餓壞了的小烏鴉呢。」

「餓壞的！」敏欽小姐生氣地說，「她根本沒有理由看起來像是餓壞的樣子，她的食物一直都充足得很！」

「當、當然。」愛米莉亞小姐恭順地附和，她警覺地發現自己一如往常地說錯話了。

「看到她那種年紀的小孩有這種態度，實在讓人覺得很不舒服。」敏欽小姐態度傲慢且意有所指地說。

「什麼、什麼態度？」愛米莉亞小姐提起勇氣問道。

「或許應該把這種態度稱之為反抗。」敏欽小姐回答。她覺得很不高興，因為她知道莎拉的態度並不是反抗，但她想不到其他更負面的詞語能用來描述莎拉的態度了，這種態度讓她怒火中燒，「要是換做其他小孩遇到她所經歷的這種、這種轉變的話，他們早就因此而意志消沉或陷入沮喪了。但是我敢保證，她只是有一點悶悶不樂而已，就像、就像她是公主一樣。」

「妳記得嗎？」愛米莉亞小姐十分不明智地插嘴道，「她那天在教室裡說過不知道妳會有什麼反應那件事？她說要是妳發現她其實是個——」

「沒有，我不記得，」敏欽小姐說，「不要胡言亂語了。」但是她其實將那件事記得一清二楚。

想當然耳，連貝琪都開始長肉了，她也不再時時刻刻感到膽戰心驚。這是她沒辦法控制的，畢竟她也在這個童話故事中占有一席之地。她有了兩個床墊、兩個枕頭和好幾條被單，每天晚上還能坐在火邊的坐墊上享受一頓熱騰騰的晚餐。巴士底監獄已經消融得無影無蹤了，囚犯也不再存在，只有兩個安逸的孩子開心地坐在房間裡。莎拉有時會高聲朗讀她的書本，有時會看書學習更多知識，又有時她會看著火焰，試著想像她的朋友會是什麼人，暗自希望她有機會對他說出她的肺腑之言。

接著又發生了一件更棒的事。有人在學院的門口留下了好幾個包裹，上面統統用大大的字寫著「給住在右邊閣樓的小女孩」。

被差遣去拿包裹的剛好就是莎拉。她把兩個最大的包裹放在玄關的桌子上，看著包裹上的字。這時，敏欽小姐從樓梯上走了下來，正好看到了莎拉。

「把東西拿去收到包裹的小姐房裡，」她嚴峻地說，「不要只會站在那邊盯著包裹看。」

「收到包裹的人是我。」莎拉平靜地回答。

「是妳？」敏欽小姐高聲說，「什麼意思？」

「我不知道這是誰寄來的，」莎拉說，「但是上面寫的收件人是我。我睡在右邊的閣樓房間，貝琪睡在另一邊。」

敏欽小姐走到她身邊，神情激動地看著包裹。

「裡面是什麼？」她質問。

「我不知道。」莎拉回答。

「把包裹統統拆開。」她命令道。

莎拉依照命令開始拆起包裹。包裹統統拆開之後，敏欽小姐的臉色變得非常怪異。她看到的是幾件漂亮而舒適的衣物——各式各樣的衣物：鞋子、襪子、手套，還有溫暖又美麗的大衣。裡面甚至還有一頂別致的帽子和雨傘，這些都是品質極佳的昂貴物品。大衣的口袋上被別了一張紙，上面寫著：「此為每日衣著。有必要時將以其他衣物替換。」

敏欽小姐感到十分焦慮，看到這些包裹後，她用她貧乏的腦袋想出了一些怪事。說不定是她判斷錯誤了，這個被她忽視的小孩背後其實有一位有權有勢但又古里古怪的朋友——或許是某位之前不為人知的親戚，他現在突然發現了莎拉的下落，決定用這種神祕而奇妙的方式提供物資。有些親戚會有一些怪異的舉止——尤其是有錢又單身的叔叔，這種人會覺得不把小孩接回身邊也沒有關係。那種人很有可能比較傾向於在遠處默默關心晚輩的狀況，而且個性反覆無常，脾氣很差，十分容易被惹怒。要是莎拉真的有這種親戚的話，被他知道莎拉只有單薄而破舊的衣服、短缺的食物和粗重的工作絕不會是什麼好事。敏欽小姐覺得這件事十分可疑，但又沒辦法確定。她瞥了莎拉一眼。

「嗯，」自從莎拉失去了她的父親之後，敏欽小姐就再也沒有用這種口氣對她說過話了，「有人對妳很好心喔。既然有人寄了這些東西來，又說穿壞了之後會再送新的，那妳不如現在就去換上這些衣服吧，看起來會體面一些。換好衣服之後妳可以到樓下的教室來上課。妳今天不用出去，也不用再工作了。」

大約半小時過後，莎拉打開教室的門走了進去，所有學生都愣住了。

「我的天啊！」潔西叫道，她推了推拉維妮亞的手肘，「快看，那是莎拉公主！」

所有人都盯著莎拉看，拉維妮亞的臉漲得通紅。

她看起來的確是莎拉公主的樣子。至少在曾經是公主的那些日子結束之後，她從來沒有那麼像公主過。這些學生們幾個小時前才看到她從後面的樓梯走下來，但現在的莎拉跟那時的莎拉簡直不像同一個人。她現在所穿的衣服就像以前拉維妮亞最為忌妒的那種衣著，顏色飽滿而溫暖，十分精緻。她的腳現在看起來又像是當初潔西忌妒的纖瘦小腳了。她厚重的瀏海之前掛在她奇異的小臉兩側，讓她看起來像是雪特蘭小型馬，現在也都用緞帶綁了起來。

「說不定有人留下了一大筆遺產給她，」潔西小聲地說，「我一直覺得這種事情很有可能發生在她身上。她實在太奇怪了。」

「說不定鑽石礦突然又出現了呢，」拉維妮亞尖酸刻薄地說，「妳這個笨蛋，不要一直那樣盯著她看，她會覺得很高興。」

「莎拉，」敏欽小姐低沉的聲音打斷了學生們的耳語，「過來，坐在這裡。」

教室裡的學生們竊竊私語，不斷用手肘去推旁邊的人，沒人打算隱藏自己興奮的好奇心。莎拉在這種情況下走到她過去的專屬位置，坐下來，埋頭在書本之中。

那天晚上與貝琪一起吃完晚餐後，她回到房間裡，坐在椅子上認真地盯著火焰很長一段時間。

「小姐，妳現在是在心中編故事嗎？」貝琪崇敬地輕聲詢問。一般而言，莎拉靜靜地用如夢似幻的眼神盯著煤炭時，就表示她正在編新故事。但這次並非如此，她搖了搖頭。

「不是，」她回答，「我在思考我該怎麼辦。」

貝琪凝視著莎拉，眼神依舊充滿崇敬之意。她對莎拉所說的每句話和所做的每件事都抱持著某種接近敬畏的態度。

「我沒辦法忘記我的那位朋友，」莎拉解釋道，「如果他希望自己的身分是個祕密，那麼我要是試著找出他是誰就會是一件很失禮的事。但是我又很想要讓他知道我有多感謝他——知道他讓我感到多麼開心。只要是慷慨的人就一定會想要知道自己有沒有讓別人覺得開心。比起接受感謝，他們更在乎的是別人開心與否。我希望——我真希望——」

她頓了一下，視線停頓在桌腳的一個小木箱上。她在兩天前回到閣樓時發現了這個小木箱，這其實是一個文具箱，裡面有紙張、信封、筆和墨水。

「噢，」她驚呼道，「我怎麼之前都沒有想到呢？」

莎拉站起身，走到桌角拿起文具箱，再回到壁爐旁。

「我可以寫信給他，」她欣喜地說，「然後把信放在桌上。這樣一來，或許來收拾餐具的人也會把信帶走。我不會問他任何問題，我相信他不會介意我對他表達感激之情的。」

她寫了一封簡短的信，內容如下：

「希望對想要保持身分隱密的你來說，我寫這封信並不算是失禮之舉。請相信我，我並不想要做出任何失禮的舉動或者調查任何事，我只是想要感謝你對我如此慷慨——簡直慷慨至極——並讓一切都像是童話故事一樣。我由衷感激你，並且覺得其樂無窮——貝琪也有同感。貝琪和我一樣感到非常感激——不論是對她還是對我來說，這一切都美好極了。我們曾經感到寂寞、寒冷又飢餓，但現在——噢，感謝你為我們所做的一切！請讓我說出這個詞吧，我覺得我**應該**要說出這個詞。**謝謝**你——**謝謝**你——**謝謝**你！

閣樓的小女孩」

第二天早上，她把信留在小桌子上，等到晚上回來時，信件已經跟其他東西一起被帶走了。她知道魔術師收到那封信了，這讓她感到異常快樂。她在上床前先讀了幾本新書給貝琪聽，讀到一半時，她突然注意到天窗發出了一點聲音。她的視線從書頁轉向天窗，同時注意到貝琪也聽到那個聲音了，她也看著天窗的方向，緊張地側耳傾聽。

「小姐，那裡有東西。」她用氣音說道。

「對，」莎拉緩緩說，「聽起來——像是有一隻貓——正試著想進來。」

她從椅子上站了起來，走到天窗下面。她聽到的聲音很輕、很奇怪——像是微弱的抓搔聲。這時她突然回想起一件事，並笑了起來。她想到過去有一位有趣的小闖入者曾經從天窗跑進閣樓裡面。她在這天下午正好透過窗戶看到小闖入者鬱鬱寡歡地坐在印度先生的桌子上。

「說不定，」她愉悅而興奮地低語道，「只是說不定，那個聲音有可能是偷溜出來的猴子造成的。噢，希望真的是那隻小猴子。」

她爬上椅子，小心翼翼地抬起天窗，偷偷往外望。外面已經下了一整天的雪，在離她很近的積雪上有一隻蜷縮在一起、不斷顫抖的小生物，在她看來，那張小黑臉正慘兮兮地皺成一團。

「真的是那隻猴子，」她喊道，「牠偷偷從印度水手的閣樓裡溜出來了，牠剛剛大概看到了這裡的光線。」

貝琪馬上跑到她身旁。

「小姐，妳要讓牠進來嗎？」她說。

「要，」莎拉欣喜地回答，「待在外面對猴子來說太冷了，牠們很嬌弱，我來把他引誘進來。」

她動作輕巧地把一隻手伸出天窗外，開始用耐心的語調引誘小猴子——就像她對麻雀和麥奇賽德講話時一樣——就像她自己就是某種友善的小動物。

「快過來呀，親愛的小猴子，」她說，「我不會傷害你的。」

小猴子知道她不會傷害牠。牠在莎拉輕巧而友善地伸出小手引誘牠前進之前，就知道她不會傷害牠了。牠能從拉姆達斯瘦長的黑色手掌中感覺到愛，現在牠也從莎拉的手掌中感覺到愛。牠讓莎拉把他抱進天窗，在被擁進莎拉的懷裡後，牠倚靠在莎拉的胸膛前，仰視著她的臉龐。

「乖猴子！乖猴子！」她親了親猴子滑稽的頭顱，滿懷柔情地說，「噢，我真是太愛這些小動物了。」

牠顯然很高興能接近火源，在莎拉坐下來並把牠抱在膝上時，牠的視線從莎拉轉向貝琪，眼神既像是好奇，又像是在評估。

「小姐，牠看起來**真是**不怎麼樣，不是嗎？」貝琪說。

「牠看起來像個奇醜無比的小嬰兒。」莎拉笑了起來，「請你原諒我，小猴子，但我很高興你不是個真的小嬰兒。要是你是嬰兒的話，你的母親應該**不會**以你為榮，也沒有任何人敢說你看起來像哪一位親戚。噢，我真是喜歡你呀！」

她往後靠著椅背，想了想。

「說不定牠會為自己長得這麼醜而感到難過，」她說，「而且心中一直在思考著這件事。不知道牠**會不會**思考。猴子，親愛的小東西，你會思考嗎？」

小猴子只是把牠細瘦的小手抬起來抓抓頭。

「我們該拿牠怎麼辦呢？」

「我今天晚上會先讓牠跟我一起睡，明天再把牠帶回去給印度先生。小猴子，很抱歉，我明天要把你送走了，但是你一定要走才行。你應該要去給你的家人溺愛才對，我不是你**真正**的家人。」

她上床之後在腳邊替小猴子做了一個窩，小猴子蜷縮成一團睡在窩裡，看起來就像是對這裡十分滿意的小嬰兒一樣。

第十七章 「她就是那個孩子！」

第二天下午，大家庭中有三位成員都坐在印度先生的書房裡，他們正竭盡所能地讓印度先生高興起來。他們之所以被允許進到書房裡提供這項服務，是因為印度先生特別邀請了他們。他心中一直惦念著的事情將在今天得到解答，因此他正非常惶恐不安地等待著。今天就是卡麥可先生從莫斯科回來的日子。他停留在莫斯科的日子已經延長了一周又一周，一開始抵達莫斯科時，他沒有找到任何與那家人有關的線索。等到他終於確定了那一家人的住址，並前往該地後，他又發現那一家人離開當地去旅行了。至此，他的一切努力都只是徒勞，因此他決定在莫斯科等到他們回家為止。凱瑞斯夫先生坐在躺椅上，珍妮特則坐在他旁邊的地板上。他十分喜愛珍妮特。諾拉找來了一張小凳子，而唐納則跨坐在虎皮地毯上的虎頭裝飾上，正有點暴力地騎著這頭老虎。

「唐納，不要這麼大聲地亂吼亂叫。」珍妮特說，「你想要讓一位病人開心時，不可以你最大的音量亂喊。凱瑞斯夫先生，他的聲音是不是太大了呢？」她轉向印度先生問道。

他只是拍拍她的肩膀。

「不，不會太大聲。」他回答，「這能避免我想得太多。」

「我會很安靜，」唐納大叫，「我們統統都要跟老鼠一樣安靜。」

「老鼠才不會發出這麼大的聲音。」

唐納把手帕當做轡頭，在老虎的頭上跳上跳下。

「很多老鼠就會這麼大聲啊，」他開心地說，「一千隻老鼠就是這麼大聲。」

「我相信連五千隻老鼠也沒你那麼吵，」珍妮特嚴厲地說，「而且我們應該要跟一隻老鼠一樣安靜才對。」

凱瑞斯夫先生大笑了起來，再次拍了拍她的肩膀。

「爸爸不久之後就要到了，」她說，「我們可以談談那個不見的小女孩嗎？」

「我想我現在可能沒辦法說太多話。」印度先生皺著眉頭回答，表情十分疲憊。

「我們很喜歡她，」諾拉說，「我們把她稱之為不是仙女的公主。」

「為什麼呢？」印度先生問道。大家庭的想像力總是能讓他稍微忘記一些煩惱。回答的是珍妮特。

「因為她雖然不是真的仙女，但是她會變得很有錢，有錢到她會覺得自己就像童話故事裡的仙女公主一樣。一開始我們都說她是仙女公主，但這個名稱不太合適。」

「我們聽說，」諾拉說，「她的爸爸把所有的錢都給了一個朋友，投資一個裡面有鑽石的礦坑，但後來那位朋友以為投資失敗，覺得自己像是強盜，所以就逃跑了，這是真的嗎？」

「但是你要知道，他不是真的強盜。」珍妮特很快地接著說道。

印度先生立刻握住了她的手。

「沒錯，他不是真的強盜。」他說。

「我覺得那位朋友很可憐，」珍妮特說，「他不是故意的，這件事一定讓他傷透了心。我很確定這件事讓他傷透了心。」

「珍妮特，妳真是個善解人意的小大人。」印度先生緊緊握住珍妮特的手。

「妳有沒有告訴凱瑞斯夫先生不是乞丐的女孩的事情啊？」唐納再次大叫了起來，「你有沒有告訴他，她穿了新衣服?說不定她之前也不見了，但現在被某個人找回去了。」

「有出租馬車！」珍妮特高聲說道，「車子停在門前了，一定是爸爸！」

三個孩子統統跑到窗前向外望去。

「沒錯，是爸爸，」唐納宣布，「但是沒有小女孩。」

三個人忍不住衝出房間，喧鬧著跑到門廊。他們總是用這種方式歡迎他們的父親，從房裡都能聽到他們跳跳鬧鬧、拍手還有被抱起來親吻的聲音。

凱瑞斯夫先生費力地試著站起來，但卻再次倒回椅子上。

「一點用也沒有，」他說，「我真是太失敗了。」

卡麥可先生的聲音傳到了房門口。

「好了，孩子們，」他說，「等我和凱瑞斯夫先生講完話之後，你們再進來。現在先去找拉姆達斯玩。」

接著卡麥可先生打開門走了進來。他的臉色比往常都還要紅潤，進房時帶進了健康而生氣勃勃的氛圍。但在看到病人那雙渴望而充滿疑問的雙眼時，卡麥可先生的眼神變得失望而緊張。兩人抓住對方的手。

「有什麼消息嗎？」凱瑞斯夫先生問道，「俄羅斯人領養的那個小孩？」

「她不是我們在尋找的那個孩子，」卡麥可先生回答，「她比克魯上校的小女兒年幼多了。她的名字是艾蜜莉．柯魯。我跟她見過面，也跟她說過話了。俄羅斯夫婦把一切都詳盡地告訴我了。」

印度先生看起來是多麼疲倦、多麼悲慘啊！他的雙手從卡麥可先生的手中無力地落了下來。

「那麼我們就要從頭開始找了，」他說，「就是這樣了。請坐下吧。」

卡麥可先生坐了下來。他在不知不覺中變得越來越喜歡這位悲傷的人，他自己的生活幸福美滿，身邊總是圍繞著愛與歡笑，孤獨與病弱對他來說是無法忍受的可怕之事。如果有人能時時刻刻在這棟房子裡快樂地高聲說話的話，這裡就不會那麼孤寂了。凱瑞斯夫先生被迫要背上自己做錯了事、並拋棄了一個孩子的重擔，這是一件常人無法忍受的事。

「好了，好了，」卡麥可先生用愉悅的聲調說，「我們之後一定會找到她的。」

「我們一定要馬上開始行動。不能再浪費時間了。」凱瑞斯夫先生憂愁地說，「你有任何建議嗎——無論是什麼建議都可以。」

卡麥可先生焦躁不安地站起身，在房裡來回踱步，表情凝重又帶著疑慮。

「嗯，說不定，」他說，「我不知道這個方法有沒有用。但我在從多佛搭火車回來的路上，把這件事從頭到尾想了一遍，突然想到了這個方法。」

「什麼方法？如果她還活著的話，她一定在這世界上的某個地方。」

「沒錯，她一定在**某個地方**。我們已經找過巴黎的學校了，我們現在先放棄巴黎，把目標轉移到倫敦吧。這就是我想到的方法——找找看倫敦的學校。」

「倫敦的學校的確不少。」凱瑞斯夫先生說完後停頓了一下，突然想起了某件事，「對了，隔壁就有一間學校。」

「那麼我們就從隔壁的學校開始吧，沒有其他學校會比隔壁更近了。」

「沒錯。」凱瑞斯夫說，「我對隔壁的一個小孩很感興趣，但是她不是學生。她是個悲慘又孤獨的小可憐，就像可憐的克魯現在可能陷入的處境一樣。」

或許，魔法就在這一刻又生效了——這一切真的就像是美麗的魔法一樣。拉姆達斯在這時走進房間，行了一個恭敬的額手禮，眼中閃爍著無法掩飾的興奮。會是什麼事讓他在主人還在說話的時候進來呢？

「大人，」他說，「那個孩子來了——大人覺得很可憐的那個孩子。她把偷溜進她的閣樓裡的猴子帶過來了。我請她暫留在外面，因為我認為大人若能見見她並和她說說話的話，或許會覺得開心。」

「那是誰？」卡麥可先生問。

「真是巧，」凱瑞斯夫先生回答，「來的人就是我剛剛說的那個孩子。她是學校裡的小苦工。」他對拉姆達斯揮揮手，對他說：「好，我想要見她。去把她帶進來吧。」接著他又向卡麥可先生解釋道：「你離開之後，我一直覺得很絕望，總覺得這些日子既痛苦又漫長。拉姆達斯告訴我這個孩子的悲慘遭遇，我們便一起想出了一個奇妙的計畫來幫助她。這大概是一件很孩子氣的事情吧，但是這能讓我分心去想一些別的事。要是沒有拉姆達斯這種靈巧而敏捷的東方人，這件事是不可能成功的。」

接著，莎拉走進了房間裡，懷中抱著那隻小猴子。小猴子顯然一點也不想離開她身邊，正攀在她身上吱吱喳喳地叫著。而莎拉因為踏進了印度先生的家裡而感到既好奇又興奮，臉頰十分紅潤。

「你的猴子昨天再次逃跑了。」她用優美的聲音說道，「牠在昨晚跑到我的閣樓窗戶外，因為外面太冷，所以我便讓牠進去房間裡面了。要是那時沒有那麼晚的話，我一定會馬上把牠帶回來的。我知道你生病了，不喜歡受到打擾。」

原本眼神空洞的印度先生現在正饒有興致地盯著她。

「妳考慮得很周到。」他說。

莎拉看向站在門邊的拉姆達斯。

「我應該把猴子交給印度水手嗎？」她詢問。

「妳怎麼知道他是個印度水手？」印度先生微微勾起嘴角問道。

「噢，我知道印度水手啊，」她把心不甘情不願的猴子交給了拉姆達斯，「我是在印度出生的。」

印度先生猛然坐直了身體，表情大變。莎拉被他的轉變嚇了一跳。

「妳是在印度出生的，」他詢問，「是嗎？快過來。」他伸出手。

莎拉覺得印度先生似乎想握住她的手，因此她走到印度先生面前，把手放在他的手中。她靜靜地站著，灰綠色的眼中滿是疑惑。這件事對印度先生來說似乎很重要。

「妳住在隔壁嗎？」他詢問。

「是的，我住在敏欽小姐的學院裡。」

「但妳並不是她的學生吧？」

莎拉微微勾起一個奇妙的微笑，猶豫了一下。

「我不太確定我到底算**什麼**身分。」她回答。

「為什麼呢？」

「我一開始是學生，是個特權寄宿生，但是現在——」

「妳本來是學生！那現在呢？」

莎拉再次勾起一抹奇異而悲傷的微笑。

「我睡在閣樓裡，就在廚房女傭的旁邊，」她說，「我每天都要幫廚師跑腿——要做任何她要我做的事。我還要教年幼的小孩法文。」

「卡麥可，你問她，」凱瑞斯夫先生彷彿失去了力氣一般倒回躺椅上，「你問她，我沒辦法問。」

大家庭肥胖而敦厚的父親知道如何詢問小女孩問題。莎拉在他開口用親切而鼓勵的聲音說話時，就知道他一定常常詢問小孩子問題。

「孩子，妳說『一開始』是什麼意思呢？」他詢問。

「我爸爸一開始帶我來的時候。」

「妳爸爸現在在哪裡？」

「他死了。」莎拉異常平靜地說，「他把錢賠光了，也沒有留下遺產給我。現在沒有人可以照顧我，也沒有人可以付錢給敏欽小姐。」

「卡麥可！」印度先生高聲大喊，「卡麥可！」

「我們千萬不能嚇到她。」卡麥可先生轉過身，快速地小聲說道。接著他又用正常的音量對莎拉說：「所以，妳就被送上去，住在閣樓裡，被當作是小苦工。過程就是這樣，對嗎？」

「沒有人可以照顧我，」莎拉說，「我也沒有錢。我現在無依無靠。」

「妳的爸爸為什麼會把錢賠光？」印度先生呼吸急促地問。

「他不是自己把錢賠光的，」莎拉一邊回答，一邊感到更加疑惑，「他有個很喜歡的朋友——他很喜歡他。那個朋友拿走了他的錢。他太相信他的朋友了。」

印度先生的呼吸更加急促了。

「那位朋友可能不是**故意**要傷害他的，」他說，「這可能是因為其中有什麼誤會。」

莎拉並不知道她用年輕而冷靜的聲音回答時，在印度先生耳裡聽起來有多無情，要是她知道的話，她絕對會為了印度先生而試著放輕語調。

「對我爸爸來說都一樣，他受到痛苦的折磨，」她說，「這件事殺死了他。」

「妳的父親叫什麼名字？」印度先生說，「告訴我。」

「他的名字叫拉爾斐．克魯，」莎拉膽戰心驚地回答，「克魯上校。他死在印度。」

凱瑞斯夫憔悴的臉龐變得更加慘白，拉姆達斯飛奔到他的主人身旁。

「卡麥可，」他微弱地喘息著，「她就是那個孩子——是那個孩子！」

有那麼一瞬間，莎拉以為他就要死了。拉姆達斯從瓶子裡倒出了一些水，遞到他的唇邊。莎拉離他很近，她微微發著抖，十分困惑地看向卡麥可先生。

「我是哪個孩子？」她猶豫地問道。

「他就是妳父親的朋友，」卡麥可先生回答，「不要害怕，我們已經找妳找了兩年了。」

她把手放在額頭上，雙唇不斷顫抖著，彷彿身在夢中一般地開口了。

「而我就一直住在敏欽小姐那裡，」她幾乎用氣音說道，「就在牆的另一邊。」

第十八章 「我試著別這麼想」

負責解釋一切的是親切美麗的卡麥可太太。他們馬上派人去叫她，她立刻從大街的另一邊趕了過來，用溫暖的手臂抱緊莎拉，並向她解釋了一切的原委。毫無預警地發現這件事在短時間內帶給病弱的凱瑞斯夫先生太大的刺激了。

在卡麥可先生建議先讓小女孩到另一個房間時，凱瑞斯夫先生對他說：「說真的，我覺得我不希望她離開我的視線。」

「我會照顧好她的，」珍妮特說，「媽媽再過幾分鐘之後就會到了。」接著珍妮特就把莎拉帶出去了。

「找到妳真是太讓我們開心了，」她說，「妳不知道找到妳讓我們有多麼開心。」

唐納把手插在口袋裡，若有所思地看著莎拉，眼神中充滿自責。

「如果我當初給妳六便士的時候有問過妳的名字的話，」他說，「妳就會告訴我妳叫莎拉·克魯，那我們就會馬上找到妳了。」

這時，卡麥可太太走進房間。她看起來深受感動，接著她一把抱住莎拉，吻了吻她。

「可憐的孩子，妳看起來真是困惑，」她說，「這件事實在太出乎意料之外了。」

莎拉腦中只有一個念頭。

「他是不是，」她轉頭瞥了一眼緊閉的書房房門，「**他**是不是那個壞心腸的朋友？噢，拜託妳告訴我！」

卡麥可太太哭了起來，接著又親了親她。莎拉覺得自己已經太久沒有接受親吻了，她應該要更常接受親吻才好。

「親愛的，他並不是個壞心腸的人，」她回答，「他並沒有真的把妳爸爸的錢全部賠掉。他只是以為自己把錢賠掉了，之後又因為他太愛妳的爸爸了，所以他很傷心，傷心到生病了。他病得很嚴重，後來變得神智不清，幾乎因為神經衰弱而死去。在他還沒有開始康復之前，妳爸爸就過世了。」

「他不知道要去哪裡找我，」莎拉喃喃自語著，「我明明離他這麼近。」不知道為什麼，她總覺得離他這麼近這件事令她難以忘懷。

「他以為妳讀的是巴黎的學校，並對此深信不疑，」卡麥可太太解釋道，「他一直被錯誤的線索誤導，找遍了巴黎的每個地方。他看到妳從窗外經過時，覺得妳看起來很難過，似乎沒有人照顧妳。他從來沒有想過妳會是他朋友的可憐孩子，但因為妳和他朋友的孩子一樣都是小女孩，所以他替妳感到很傷心。他想要讓妳變得快樂，所以他要求拉姆達斯從閣樓窗戶爬進妳的房間，讓妳過得更舒適一點。」

莎拉興奮地跳了起來，她的表情一變。

「那些東西是拉姆達斯帶給我的嗎？」她喊道，「是他要拉姆達斯這麼做的嗎？是他讓這場夢成真的？」

「親愛的，沒有錯——沒有錯！他是個親切的好人，他因為心中掛念失蹤的莎拉·克魯，而在看到妳時替妳感到難過。」

書房的門被卡麥可先生打開，他走了出來，比了個手勢，要莎拉跟他一起進去。

「凱瑞斯夫先生現在已經好一點了，」他說，「他希望妳能進去見他。」

莎拉一刻也沒有耽擱地走進書房裡。她進門後，印度先生發現她看起來容光煥發。

她走到他的椅子旁邊，將雙手交握在胸前。

「那些東西是你送我的，」她用感動而愉悅的音調小聲道，「那些很美、很美的東西，是嗎？是**你**送給我的！」

「沒錯，我可憐的、親愛的孩子，那些東西是我送給妳的。」他回答。他因為久病在床與心懷憂思而變得十分虛弱，但他看著莎拉的眼神和莎拉記憶中的父親眼神一樣——那是深愛著她，希望能把她抱在懷裡的眼神。她因此而跪在他的身邊，就像她和父親還是對方在世界上最親愛的朋友與愛人時，她會跪在父親的身邊一樣。

「那麼我的朋友就是你，」她說，「我的朋友就是你呀！」她低下頭來，一次次輕吻他細瘦的手。

「他在三個星期之內就會恢復成本來的樣子了，」卡麥可先生對身旁的妻子說，「妳看看他現在的表情。」

他看起來的確截然不同了。現在他身邊有了「小小姐」，也有新的計畫要費心思考了。最先要處理的就是敏欽小姐，他必須告知敏欽小姐自己的身分，也要告知她這位學生的財務狀況發生了什麼改變。

莎拉不需要再回到學校裡了。印度先生對此非常堅持，她必須留在印度先生的家裡，讓卡麥可先生去和敏欽小姐見面。

「我很高興我不用再回去了，」莎拉說，「她會非常生氣的。她不喜歡我，但也有可能是我的問題，因為我也不喜歡她。」

巧的是，根本不需要卡麥可先生去找敏欽小姐，敏欽小姐就自己過來尋找她的學生了。她本來想要叫莎拉辦事，四處打聽後聽到了令她大為震驚的消息。其中一個女傭看到她在斗篷下藏著東西偷偷溜出了學校，踏上了隔壁房間的臺階，並走進了房子裡。

「她這是什麼意思啊！」敏欽小姐對愛米莉亞小姐大吼。

「我不知道，姊姊，我真的不知道，」愛米莉亞小姐回答，「或許她因為曾經在印度住過，所以跟隔壁的人變成朋友了。」

「這倒是很像她的行事風格，用這種沒禮貌的方式把自己推銷給對方，讓別人同情她。」敏欽小姐說，「她在隔壁房子裡至少待了兩個小時了，我絕不允許她做出這種放肆的舉動。我要到隔壁問問到底是怎麼回事，並為她的貿然闖入道歉。」

在拉姆達斯進房通報有人來訪時，莎拉正坐在凱瑞斯夫先生膝旁的凳子上，聆聽他講述一些他認為自己應該向莎拉解釋的事情。

莎拉在聽到通報後不由自主地站起身，臉色倏然變得蒼白如紙。但凱瑞斯夫先生注意到，她站起身時態度平靜，沒有流露出絲毫小孩子會表現出的恐懼之色。

敏欽小姐舉止高貴且果斷地走進書房。她的衣著得體而精緻，態度彬彬有禮。

「凱瑞斯夫先生，很抱歉打擾您，」她說，「但我必須向您解釋這件事。我是敏欽小姐，是隔壁女子菁英學院的所有人。」

印度先生停頓了一下，仔細地檢視敏欽小姐一遍。他天生脾氣就非常差，因此不希望被自己的壞脾氣牽著鼻子走。

「那麼，妳就是敏欽小姐？」他說。

「是的，先生。」

「這麼看來，」印度先生回答，「妳來得正是時候，我的律師卡麥可先生正打算要去見妳。」

卡麥可先生向她微微欠身鞠躬。敏欽小姐驚訝地看了看他，又看向凱瑞斯夫先生。

「你的律師！」她說，「我不理解這是怎麼回事，我是為了負責任而來的。我剛剛才發現你被我們無禮的學生打擾了——她是我們贊助的清寒學生。請讓我澄清，她的魯莽之舉並未經過我的同意。」她轉向莎拉嚴厲地命令道，「現在立刻回家。等一下將會有嚴厲的懲罰等著妳，妳現在立刻回家。」

印度先生把莎拉拉到他身旁，並拍了拍莎拉的手。

「她不會走的。」

敏欽小姐覺得自己似乎快要神智錯亂了。

「不會走！」她重複道。

「沒錯，」凱瑞斯夫先生說，「如果妳要把妳的房子取名做『家』的話，那麼她不會回家。她未來將會跟我住在這個家裡。」

敏欽小姐又驚又怒地倒退了幾步。

「跟**你**！先生，跟**你**！這是什麼意思？」

「卡麥可，好好跟她解釋原委，」印度先生說，「盡快解決這件事。」他讓莎拉再次坐回凳子上，並握住她的雙手——就像她爸爸以前的習慣一樣。

卡麥可先生馬上接著解釋起來——他聲音冷靜而理智，態度十分沉穩地解釋了事情的原委與這件事代表的法律意義。敏欽小姐是個生意人，她也一樣很清楚這件事代表了什麼，這讓她不太高興。

「女士，」他說，「凱瑞斯夫先生是已故的克魯上校的摯友，同時也是他好幾項巨大投資上的生意夥伴。克魯上校本來賠掉的財產已經統統賺回來了，現在由凱瑞斯夫先生負責管理。」

「財產！」敏欽小姐血色全失地驚呼出聲，「莎拉的財產！」

「這些財產**將會**成為莎拉的財產，」卡麥可先生冷淡地回答，「事實上，這些財產現在就已經是莎拉的財產了。這筆財產因為投資而增值，鑽石礦讓這筆財產增值了數倍。」

「鑽石礦！」敏欽小姐倒抽了一口氣。如果這一切都是真的，那這必定是她出生以來所遇過最恐怖的事了。

「鑽石礦。」卡麥可先生複述了一遍，接著無法自制地勾起一個一點也不像律師的狡猾微笑，「敏欽小姐，沒有多少公主會比妳的小清寒學生莎拉．克魯還要有錢了。凱瑞斯夫先生已經找了她兩年多，現在他終於找到莎拉了，他會讓她住在這裡的。」

他請敏欽小姐入座，並繼續詳細解釋這件事的原委，接著又講到必須向敏欽小姐解釋清楚的各種細節，諸如莎拉的未來可永保無虞，她的財產已經增加了十倍多，還有，凱瑞斯夫先生會成為莎拉的監護人與朋友。

敏欽小姐不是個聰明的女人，她不願意眼睜睜看著這筆財富因為她之前無比愚笨的決定而消失，又因為太激動而變得更加蠢笨，因此她做了一個愚蠢的決定，她要拚命想辦法讓莎拉回到她的學校。

「但是在他找到莎拉之前，都是我在照顧莎拉的，」她反對地說，「我為她安排所有事情。要不是我的話，她早就餓死在街上了。」

印度先生在聽到這句話後勃然大怒。

「就算她餓死在街上，」他說，「也比餓死在妳的閣樓裡舒服多了。」

「是克魯上校交代我要照顧她的，」她爭辯道，「她必須要回去學校，直到該離開的年齡才能離開，她可以再次當回特權住宿生啊。她一定要完成教育，法律會保障我的權益。」

「好了，好了，敏欽小姐，」卡麥可先生插嘴道，「法律不會保障這種事的。如果莎拉自己想要回去學校的話，我認為凱瑞斯夫先生絕對不會拒絕她的。所以一切要看莎拉的決定。」

「那麼，」敏欽小姐說，「我懇求妳，莎拉。我或許沒有太寵妳，」她尷尬地對小女孩說，「但妳知道，妳爸爸一定會對妳的課業很滿意的。而且——呃——我也一直都很喜歡妳。」

莎拉用她灰綠色的眼睛平靜而理智地凝視著敏欽小姐，這正是敏欽小姐特別不喜歡的那種表情。

「敏欽小姐，**妳**喜歡過我嗎？」她說，「我不知道這件事。」

敏欽小姐漲紅了臉，立刻站了起來。

「妳應該要知道才對，」她說，「但很可惜的是，小孩永遠不會知道什麼對他們才是最好的。我和愛米莉亞總是說妳是全校最聰明的小孩。妳難道不想要為妳可憐的爸爸跟我回家，把妳該做的事情做完嗎？」

莎拉往前站了一步，靜靜地看著敏欽小姐。她回想著她得知自己成為了孤兒，還有可能被趕到街上的那一天。回想著獨自與艾蜜莉和麥奇賽德待在閣樓，飢寒交迫的那些日子。她冷靜地看向敏欽小姐的臉。

「敏欽小姐，妳知道我為什麼不願意跟妳回家。」她說，「妳很清楚為什麼。」

敏欽小姐嚴厲而怒氣沖沖的臉變得更加通紅了。

「妳再也不會看到妳的同伴了，」她說，「我會把艾曼加德和蘿蒂——」

卡麥可先生強硬地打斷了她的話。

「不好意思，」他說，「她可以見任何她想見的人。那些同學們的父母想必不會拒絕讓他們的孩子來拜訪克魯小姐的監護人的。凱瑞斯夫先生會全程在場。」

敏欽小姐不得不承認自己現在開始心生畏懼了。和脾氣暴躁又會因姪女所受到的待遇而立刻發怒的古怪單身叔叔比起來，現在的狀況其實更糟。敏欽小姐是個唯利是圖的人，她認為多數人絕不會拒絕讓孩子和鑽石礦的繼承人做朋友。要是凱瑞斯夫先生決定要告訴那些學校資助者，莎拉在學校裡過得有多不快樂的話，敏欽小姐恐怕會遇到各種麻煩。

「你接手的可不是什麼輕鬆的工作，」她在離開房間前對印度先生說，「你很快就會知道了，她是個不誠實也不懂得感激的孩子。」接著她又對莎拉說：「我猜妳現在又覺得自己是個公主了吧。」

莎拉低下頭，臉頰微微發紅，因為她覺得自己最喜愛的幻想是陌生人沒辦法立刻理解的事——就算是善良的陌生人也一樣。

「我——曾試著不要裝做其他人，」她輕聲回答，「在我感到最寒冷、最飢餓的時候，我也這麼試過。」

「現在妳也沒有必要試著不假裝了。」敏欽小姐刻薄地說完後，拉姆達斯對她行了額手禮請她離開，她便走出房間了。

她回到家後走回起居室，馬上把愛米莉亞小姐叫了過去。可憐的愛米莉亞小姐在整個下午都坐在她身邊，心中一直感到十分緊張。她淚流滿面，不斷擦拭眼睛。她說了一些話，其中幾句不合宜的評論讓她的姊姊簡直想要不顧一切地向她發洩怒火，但最後這幾句話卻導向了十分怪異的結果。

「姊姊，我沒有妳那麼聰明，」她說，「而且我一直因為怕妳生氣而不敢向妳說實話。如果我沒有那麼膽小的話，或許對學校、對妳我都比較好。我必須告訴妳，我一直覺得妳不應該對莎拉·克魯那麼嚴格，應該讓她穿上好一點的、舒適一點的衣服。我**知道**她工作的量對於她這個年齡的孩子來說其實太大了，而且我也知道她總是只能吃到半飽——」

「妳哪來的膽子敢跟我說這種話！」敏欽小姐高聲道。

「我不知道我哪來的膽子，」愛米莉亞小姐以一種不顧一切的勇氣回答，「但既然我都開始說了，那不管之後會怎麼樣，我都要把這些話說完。那個孩子很聰明、很善良——只要妳對她展現過善意，她必定會回報妳。但是妳從來沒有對她展現過一絲善意。對妳來說她實在太過聰明了，這就是妳討厭她的理由。她能看透我們兩個——」

「愛米莉亞！」怒氣沖沖的姊姊倒抽了一口氣，看起來似乎想要一巴掌打在她妹妹的耳朵上，再把她的帽子打掉，就像她常對貝琪做的一樣。

但愛米莉亞小姐心中強烈的失望之情讓她變得歇斯底里，一點也不在意之後敏欽小姐會怎麼對待她。

「她可以！她可以！」她喊道，「她可以看穿我們兩個。她看出妳是個鐵石心腸、唯利是圖的女人，而我則是個軟弱的傻瓜，我們兩個都既粗俗又壞心，在她有錢的時候對她卑躬屈膝，在她沒有錢後就不顧她的死活——但她就算變成了乞丐，行為舉止也像是個小公主一樣。她真的、她真的像是個小公主一樣！」她激動得失去理智，開始又哭又笑，不斷前後搖晃身體。

「現在她走了，」她瘋狂地喊道，「將會有其他學校接收她和她的財富。要是她像其他小孩一樣，跑去告訴別人我們是怎麼對待她的話，我們的所有學生都會離開，然後我們就毀了。我們活該得到這種下場，但妳比我還更應該得到這種下場，因為妳是個冷酷無情的女人，瑪麗亞．敏欽，妳是個冷酷無情、自私自利、唯利是圖的女人！」

她一邊哽咽一邊大笑，精神狀況非常糟糕，因此她的姊姊只好忍住因為這番放肆的言語而想要發洩憤怒的衝動，拿出嗅鹽讓她安靜下來。

從那時候開始，敏欽小姐開始對她的妹妹生出了些微的敬畏之心。她的妹妹看起來笨頭笨腦的，但顯然她其實並沒有外表看起來的那麼愚笨，甚至會在崩潰後講出別人不願意聽的真相。

當天晚上，學生們在上床前，一如往常地聚集在教室的壁爐前。這時，艾曼加德走進教室，手上拿著一封信，圓圓的臉上表情怪異，除了開心與興奮的表情外，同時又混雜著詫異，似乎受到了什麼莫大的驚嚇。

「發生**什麼**事了？」兩、三個小孩同時出聲問道。

「跟之前的吵架有關係嗎？」拉維妮亞好奇地說，「今天敏欽小姐的房間裡傳出了吵架聲，愛米莉亞小姐好像還陷入了歇斯底里的狀態，最後上床去休息了。」

艾曼加德回答的速度很慢，似乎還沒從震驚中回過神來。

「我剛剛收到一封來自莎拉的信。」她把手上的信遞出去，讓其他小孩看看這封信有多長。

「莎拉的信！」所有人都異口同聲地驚呼道。

「她現在在哪裡？」潔西尖叫道。

「她在隔壁，」艾曼加德說，「在印度先生家裡。」

「哪裡？哪裡？她被送走了嗎？敏欽小姐知道嗎？她們就是因為這件事所以吵架的嗎？她寫了什麼？快告訴我們！快告訴我們！」

班上一片嘈雜，蘿蒂可憐兮兮地哭了起來。

艾曼加德語速緩慢地回答著，就像她直到現在還深陷在某種萬分重要且無需解釋的想法中。

「真的**有**鑽石礦，」她態度堅決地說，「真的**有**！」孩子們目瞪口呆地看著她。

「鑽石礦是真的，」她加快了說話的速度，「只是其中有點誤會。之前發生了一些事情，凱瑞斯夫先生以為鑽石礦賠光了——」

「凱瑞斯夫先生是誰？」潔西喊道。

「就是印度先生。克魯上校也以為錢都賠光了——然後他死了。凱瑞斯夫先生得了神經衰弱，跑掉了，他也差點死了。他不知道莎拉在哪裡。結果鑽石礦裡面有好幾百萬顆鑽石，有一半都是莎拉的，而且就在莎拉住在閣樓，只有麥奇賽德當朋友，又一天到晚被廚師指使的時候，這些鑽石就已經是莎拉的了。凱瑞斯夫先生在今天下午找到莎拉，然後他讓莎拉留在他家——莎拉再也不會回來了——她現在比以前任何時候都還要像是公主——她比以前還要像公主十五萬倍。我明天下午要去找她。妳們看！」

之後的這陣騷動就算是敏欽小姐出馬都不可能控制得住，況且她也沒有試圖控制過。雖然她聽到了她們的吵鬧聲，但她沒有心情面對這些事。她在面對了躺在床上哭泣的愛米莉亞小姐後，已經沒辦法再去面對任何其他事了。她知道，這些消息會以各種奇妙的方式滲透進學校裡，今天晚上每個僕人和每個孩子都會在睡前大肆討論這件事。

學生們發現，不知道為什麼，學校裡沒有人來管她們了，因此她們直到午夜都一直圍繞在艾曼加德身邊，在教室裡聽她一遍又一遍讀著信件。信裡的故事和莎拉編造的故事一樣精彩，隔壁那棟房子的印度紳士和莎拉所遇到的事情都令人著迷。

貝琪也聽說這件事了，她這天想方設法，比平常還要早溜上樓梯。她想要偷偷溜走，再去看一次那間被施過魔法的小房間。她不知道現在小房間怎麼樣了，裡面的東西不太可能會留下來送給敏欽小姐，所以應該統統會被帶走，閣樓會再次變得空蕩蕩的。雖然她很替莎拉感到高興，但是在踏上最後一階臺階時，她哽咽了起來，視線也因為淚水而變得模糊。今天晚上不會再有火焰了，也不會有玫瑰色的燈光，沒有晚餐，沒有坐在火光裡閱讀或者說故事的公主——沒有公主了！

她忍住哽咽聲，推開了閣樓的門，接著忍不住小聲地哭了出來。房間裡燈火通明，火焰正熊熊燃燒，有一頓晚餐正在等著她，而站在一旁的拉姆達斯正對著她驚訝的小臉微笑。

「小姐記得妳。」他說，「她把所有事都告訴先生了。她希望妳知道她的運氣很好。看看托盤裡的信。是她寫的信。她不希望妳今天傷心地上床睡覺。先生要妳明天去見他。妳之後要去伺候小姐。我會在今天晚上把這些東西從屋頂上拿走。」

他笑容滿面地說完後，對貝琪行了一個小小的額手禮，接著便悄無聲息地用靈巧的動作從天窗爬了出去。由此可知，之前多次進出房間對他而言都是十分輕而易舉的事。

第十九章　安妮

大家庭的幼兒房從來沒有充滿這麼歡樂的氣氛過，他們連做夢也沒有想到，和不是乞丐的女孩熟識之後會讓他們這麼快樂。光是她所受過的苦難與經歷過的冒險就足以讓她成為無價之寶。每個人都想聽她一遍又一遍地訴說她所遇到的事。當你坐在又大又明亮的房間，身旁還有溫暖的火焰時，聽到閣樓裡有多寒冷就會變成一件很有趣的事。在聽見麥奇賽德以及麻雀的故事，還有站在桌子上，把頭和肩膀探出天窗所能看到的景象後，房間裡的寒冷與空曠似乎就變得無關緊要了，閣樓變成了一個充滿樂趣的地方。

最受大家喜愛的故事當然就是宴會與幻想成真的故事了。在莎拉被找到的第二天，她第一次告訴大家這個故事。那天有好幾位大家庭的成員來跟她一起喝茶，他們有的坐著、有的窩在壁爐前的地毯上，一起聽莎拉用她特有的方式說故事，印度先生也在一旁看著她。她說完故事後，抬頭看向印度先生，並把手放在他的膝蓋上。

「這就是我所知道的部分了，」她說，「湯姆叔叔，你何不告訴大家你那一部分的故事呢？」他請求莎拉以後都稱他為「湯姆叔叔」，「我還不知道你的故事呢，一定是個很美麗的故事。」

因此，他便開始講述了。他說，在他因病而獨自一人坐在椅子上，感到無聊而煩躁的時候，拉姆達斯便試著和他說話，讓他分心。拉姆達斯向他描述窗外的一個個路人，其中有一個比其他人都還要常出現的小孩子。他因此而開始對她感興趣——有一部分可能是因為他花了多數時間在想著那個小女孩，另一部分則是因為拉姆達斯曾告訴他，他之前為了把猴子追回來，曾碰巧越過屋頂去拜訪那間閣樓房間。他描述了閣樓看起來有多淒涼，還有閣樓裡那個孩子的舉止，她一點也不像被當作苦工或僕人對待的那種人。拉姆達斯一點一點發現，她的生活中充滿了令人擔心的悲慘遭遇。他發現爬過幾碼的屋頂抵達她的天窗是件很簡單的事，而這個發現促使他們開始了之後的計畫。

「大人，」拉姆達斯有一天對他說，「我可以在那個孩子出門辦事的時候跨過屋瓦，幫她點燃屋裡的火。等她又溼又冷的回來時，她就會發現火焰，她會覺得是魔法做到的。」

這個想法太迷人了，凱瑞斯夫先生原本陰鬱的臉上露出了一個開心的微笑。拉姆達斯因此而欣喜若狂，他把這個計畫擴大了好多倍，並對他的主人解釋，要再多加一些其他的東西進去是一件多麼簡單的事。他表現出像孩子一樣的喜悅之情與創造力，為了實施這個計畫而做的準備花了他好幾天，讓原本消沉的日子變得充滿趣味。在莎拉她們舉辦那場失敗盛宴的那晚，拉姆達斯其實一直在天窗上看著。他要用到的包裹都已經準備好了，放在他自己的閣樓裡面，負責幫忙他的人也都在一旁待命，他們跟拉姆達斯一樣，覺得這場奇異的冒險很好玩。在她們的盛宴步入悲慘的結尾時，拉姆達斯正平躺在屋瓦上，透過天窗觀察著閣樓。他在確定莎拉疲倦地沉睡過去後，便拿出帶有遮罩的燈，偷偷爬進房間裡，而他的同伴則留在外面，把東西遞給他。莎拉只要有任何移動的跡象，拉姆達斯就會用遮罩把燈蓋住，平躺在地板上。孩子們在詢問了上千個問題後，得到了各種令人興奮的細節。

「我真是太高興了。」莎拉說，「我的朋友就是你，這真是太讓我高興了！」

他們是萬中無一的一對朋友，與對方十分契合。印度先生從來沒有認識過比莎拉還要令他喜愛的朋友。只過了一個月，他就如卡麥可先生預言的一樣，變成了一個完全不一樣的人。他總是沉浸在愉悅的情緒之中，連他原本認為是個煩人重擔的財富，現在都能讓他得到樂趣。他可以為莎拉想出太多精彩的計畫了。他們兩人之間有個小玩笑，那就是他是個魔術師。他樂於發明一些奇怪的東西來讓莎拉感到驚喜。她有時會發現房間裡新長出了一些美麗的花朵，有時枕頭下會被塞進怪誕的小禮物，還有一個晚上，兩人正坐在一起講話時，他們聽到了房門上有爪子用力抓搔的聲音。莎拉走到房門口後，發現有一隻大狗站在外面——那是一隻漂亮的俄羅斯獵犬——牠的脖子上掛著一條金銀交錯的華麗項圈，上面還帶有題字：「我是伯瑞斯，我隸屬於莎拉公主。」

印度先生最愛聽的就是小公主衣衫襤褸時的回憶了。到了下午，大家庭或是艾曼加德和蘿蒂會聚在這裡，一起開開心心地度過一段歡樂的下午時光。但對莎拉和印度先生而言，他們兩人對坐閱讀或談天的時光則另有一種迷人的魅力，這段時間總會發生一些有趣的事情。

這天晚上，卡瑞斯夫先生在閱讀書籍時，突然注意到他的朋友已經好一段時間一動也不動地盯著火焰了。

「莎拉，妳在『想像』什麼呢？」他問。

莎拉抬起視線，臉頰看起來十分紅潤。

「我在想像，」她說，「我在回憶，我非常飢餓的那天見到的一個孩子。」

「但是妳非常飢餓的日子有很多天啊，」印度先生語調悲傷地說，「妳說的是哪一天呢？」

「我忘了你不曉得這件事了，」莎拉說，「是我的幻想成真的那一天。」

她開始說起在麵包店外遇見的那個孩子，她告訴他自己在泥濘中撿到四便士，又遇到了比她還要餓的那個小孩。她盡可能地說得簡單扼要，不過花了幾秒鐘，用幾句話就說完了。但印度先生卻忍不住用手抹了抹眼睛，垂眼看著地毯。

「我想像出了一個計畫，」她說完故事後又說道，「我覺得自己應該有所作為。」

「什麼計畫呢？」凱瑞斯夫先生用輕柔的聲音問，「妳可以做任何妳想做的事呀，公主。」

「我在想，」莎拉猶豫地說，「你記得你說過我有很多錢吧——我在想，我可以去找賣麵包的女人，請她只要看到飢餓的小孩坐在她門前的臺階旁——尤其是在天氣十分糟糕的時候——就叫他們進去麵包店裡，給他們一點東西吃，之後再把帳單都寄給我。我可以這麼做嗎？」

「妳明天早上就可以馬上執行這個計畫了。」印度先生說。

「謝謝你。」莎拉說，「我知道飢餓是什麼感覺，對不懂得『假裝』自己不餓的人來說，一定非常難熬。」

「對，對，親愛的，」印度先生說，「對，對，一定非常難熬。試著把飢餓的感覺拋在腦後吧。過來坐在我膝前的這張凳子上，只要記得妳是個公主就好了。」

「好，」莎拉笑著說，「我要給平民百姓很多麵包和土司。」她走到凳子旁坐了下來，印度先生（他有時也喜歡莎拉用這個稱呼叫他）把莎拉小小的黑色頭顱安放在他的膝蓋上，輕輕撫摸。

第二天早上，敏欽小姐從窗戶望出去時，看到了讓她很不高興的景象。幾隻高大的馬拉著印度先生的馬車走到隔壁房子的門口，馬車主人和小孩穿柔軟的華美毛皮大衣，一起踩著臺階坐上了馬車。那個小孩看起來很眼熟，讓敏欽小姐想起了過去的那段日子。接著又出現了另一個眼熟的身影——看見這個身影讓敏欽小姐非常氣惱。那個身影是貝琪，她現在已經成了一名開心的侍女了。她手拿包裹和行李，陪伴著她年輕的小姐走到馬車旁。現在的貝琪臉頰豐滿而紅潤。

沒多久，馬車就抵達了麵包店的門口。巧合的是，馬車上的乘客走下來時，麵包店裡的女人正在把一盤冒著煙的熱麵包放到櫥窗裡。

莎拉走進店裡時，女人轉過身看了她一眼，便把麵包放好，站回櫃檯後面。接著她又花了幾秒鐘非常認真地凝視著莎拉，然後她和藹的臉龐流露出喜色。

「小姐，我很確定我記得妳。」她說，「但是——」

「是的，」莎拉說，「妳以前因為我付的四便士給過我六個麵包，然後——」

「然後妳把其中五個麵包都給了一個小乞丐，」女人高聲說，「我一直牢牢記著這件事，我一開始還覺得很疑惑呢。」她轉向印度先生，對他說：「先生，請你原諒我，但沒有多少年輕人會像她一樣，用那種方式關心一張飢餓的面孔，我常常回想起這件事。」接著她又轉向莎拉說：「小姐，請原諒我的無禮，但妳的氣色看起來好多了，而且——嗯，的確比之前妳、之前——」

「我好多了，謝謝妳。」莎拉說，「而且——我也比以前開心多了——我這次來是想請妳幫我一個忙的。」

「小姐，我嗎！」麵包店的女人愉悅地笑著，她高聲說，「噢，我的天！好的，小姐，我要幫妳做什麼呢？」

莎拉傾身靠著櫃檯，簡單解釋了自己關於糟糕的天氣、飢餓的流浪兒還有麵包的計畫。

女人看著她，一臉驚訝地聽她說明這個計畫。

「噢，我的天！」她在聽完莎拉的計畫後說，「能這麼做是我的榮幸呢。我只是個做工的人，沒辦法用太多自己的錢做這種事，但到處都有這種問題。請妳原諒我的多嘴，但我必須告訴妳，自從那個下著雨的下午過後，我已經給出一些麵包了，因為我一直想起妳——妳那時看起來又溼、又冷、又餓，卻還願意把妳的熱麵包給別人，就像是公主一樣呢。」

印度先生不由自主地因為這句話而笑了起來，莎拉也跟著輕輕笑了。她想起當初把麵包放在那個餓壞的孩子衣衫襤褸的腿上時，她不斷告訴自己的那些話。

「她那時看起來太餓了，」她說，「她比我還要餓。」

「她的確是餓壞了呢，」女人說，「那天之後，她跟我說過很多次——她告訴我，那時她溼淋淋地坐在那裡，覺得自己虛弱的身體裡面好像有一頭狼在啃咬她似的。」

「噢，那天之後妳還有見過她嗎？」莎拉喊道，「妳知道她現在在哪裡嗎？」

「我知道呀，」女人回答，她的笑容變得比之前更加愉悅，「天啊，小姐，她現在就在後面地房間裡呀，她住在那邊一個月啦。我後來發現，她是個乖巧又好心的小孩，她現在是在我在店裡和廚房裡的好幫手呢，實在令人很難相信她之前過的是怎樣的生活。」

她走到後面的小休息室門口，向裡面講了幾句話，下一刻，一名小女孩就走了出來，跟著她走到櫃檯後。那名小女孩的確就是那個小乞丐，她現在衣著整齊而乾淨，看起來似乎很長一段時間沒有挨餓了。她表情害羞，但容貌清秀，看起來不再像是之前那個小野蠻人，眼睛裡瘋狂的光芒也消失無蹤了。她馬上認出了莎拉，但她只是靜靜地站在那裡看著她，好像永遠也看不夠似的。

「就是這樣，」女人說，「我要她在餓的時候過來這裡，她來了之後我便讓她做一些雜務。我發現她做事很積極，我很喜歡她，到了最後，變成我給她一個地方當作家，她則好好做事，幫助我就可以了，她對我十分感激。她叫做安妮，是個孤兒。」

兩個孩子凝視著對方好幾分鐘，然後莎拉從手筒中抽出來手，把手伸過櫃檯，安妮握住了她的手。她們直直地望進對方的眼底。

「我真是太高興了。」莎拉說，「我剛剛想到了一個主意，或許布朗太太可以讓妳負責把麵包和土司發放給其他孩子。或許妳會願意做這件事，因為妳跟我一樣，懂得飢餓是什麼感覺。」

「好的，小姐。」女孩回答。

雖然她說的話很少，只是靜靜地站在那裡看著她，但莎拉毫無由來地覺得自己似乎能理解她。女孩目送莎拉跟印度先生一起走出店外，坐上馬車離開。

野人文化
讀者回函卡

書　名 ____________________

姓　名 ____________________ □女 □男　年齡 ______

地　址 ____________________

____

電　話 ____________________ 手機 ______

Email ____________________

□同意 □不同意　收到野人文化新書電子報

學　歷 □國中(含以下)□高中職　□大專　□研究所以上

職　業 □生產/製造　□金融/商業　□傳播/廣告　□軍警/公務員
□教育/文化　□旅遊/運輸　□醫療/保健　□仲介/服務
□學生　□自由/家管　□其他

◆你從何處知道此書？
□書店：名稱 ______　□網路：名稱 ______
□量販店：名稱 ______　□其他 ______

◆你以何種方式購買本書？
□誠品書店　□誠品網路書店　□金石堂書店　□金石堂網路書店
□博客來網路書店　□其他 ______

◆你的閱讀習慣：
□親子教養　□文學 □翻譯小說 □日文小說 □華文小說 □藝術設計
□人文社科　□自然科學　□商業理財　□宗教哲學 □心理勵志
□休閒生活（旅遊、瘦身、美容、園藝等）　□手工藝／DIY　□飲食／食譜
□健康養生 □兩性 □圖文書／漫畫 □其他 ______

◆你對本書的評價：（請填代號，1. 非常滿意　2. 滿意　3. 尚可　4. 待改進）
書名 ____ 封面設計 ____ 版面編排 ____ 印刷 ____ 內容 ____
整體評價 ____

◆你對本書的建議：

____

____

____

____

野人文化部落格 http://yeren.pixnet.net/blog
野人文化粉絲專頁 http://www.facebook.com/yerenpublish

廣　告　回　函
板橋郵政管理局登記證
板橋廣字第143號

郵資已付　免貼郵票

23141
新北市新店區民權路108-2號9樓
野人文化股份有限公司 收

請沿線撕下對折寄回

野人

書號：0NGA0030